Ricarda Junge

Die komische Frau

Roman

S. Fischer

Die Autorin dankt der Stiftung Preußische Seehandlung für die Unterstützung ihrer Arbeit.

Die Handlung dieses Romans und alle seine Figuren sind frei erfunden. Jegliche Ähnlichkeit mit lebenden oder realen Personen wäre rein zufällig.

Druck und Bindung: CPI – Clausen & Bosse, Leck
Satz: pagina GmbH, Tübingen
Printed in Germany
ISBN 978-3-10-039329-6

Für Victoria

»If you are losing your soul and you know it,
then you've still got a soul left to lose.«
Charles Bukowski

1

Im Folgenden werde ich davon berichten, was sich zwischen dem dreizehnten April und dem zehnten Mai dieses Jahres im Haus Löwestraße Nummer eins in Berlin-Friedrichshain Sonderbares ereignet hat. Mir ist bewusst, dass es für die Ereignisse der letzten Wochen möglicherweise eine psychologische, rationale Erklärung gibt, die sich mir im Moment jedoch nicht erschließt. Es sei jedem freigestellt, eine eigene Deutung zu finden, ich aber werde versuchen, mich darauf zu beschränken, das Geschehene möglichst genau wiederzugeben. Dabei soll mein Glaube mein Schutzschild sein: der Glaube an die reinigende, lindernde und erneuernde Kraft des gesprochenen und geschriebenen Wortes. Menschen werden geboren und sterben, Staaten werden gegründet und aufgelöst, etwas erfasst eine ganze Generation wie ein Traum, an den man sich nicht mehr erinnert, sobald man aus ihm erwacht. Nur eine leichte Irritation bleibt, die sich jeder auf seine Weise erklärt. Mit dem wechselnden Wetter, dem Pollenflug, der in diesem Jahr eine besondere Plage war, dem zu schweren Essen oder dem Lärm, den der Nachbar gestern bis spät in die Nacht veranstaltet hat. Etwas kommt, etwas geht. Aber was immer auch geschieht, geschieht auf ein Wort hin. Gedacht, gesprochen, geschrieben, verschwiegen.

Der dreizehnte April war in diesem Jahr der Montag nach Ostern. Ich war mit meinem kleinen Sohn zu meinen Eltern an die Ostsee gefahren, wo wir die Feiertage gemeinsam verbrachten. Es war warm. Die Magnolienbäume blühten rosa und weiß, an ihren Ästen, die mich an die gebogenen Arme alter Kronleuchter und Kandelaber erinnerten, hingen Ostereier, die mein kleiner Sohn und mein Vater immer noch mit Vergnügen betrachteten, während meine Mutter in Gedanken vermutlich schon wieder dabei war, sie in Seidenpapier zu wickeln, in Kartons zu verstauen und diese in den Keller hinunterzutragen. Ich hörte sie in der Küche Kaffee aufsetzen, Tassen und Untertassen aus dem Schrank über der Spüle und Löffel aus der Schublade nehmen. Die Kaffeemaschine gurgelte, das Porzellan klirrte, im Radio lief das Lied einer Band, die ich während meiner Studienzeit einmal live in einem rauchigen Hamburger Kellerclub gehört hatte. Der Sänger war mit einer meiner Kommilitoninnen befreundet gewesen und damals noch weitgehend unbekannt, jetzt wurde sein Lied als die Nummer drei der diesjährigen Ostercharts gefeiert. Nummer eins und zwei belegten eine ›Lady Gaga‹ mit ›Pokerface‹ und ein belgischer Sänger namens ›Milow‹. Von beiden hatte ich noch nie etwas gehört, was in mir plötzlich ein Gefühl von Melancholie und den unbehaglichen Gedanken ans Älterwerden aufsteigen ließ. In der Woche zuvor hatte meine beste Freundin Janina, die Patentante meines Sohnes, mich frühmorgens angerufen und mir erzählt, dass sie gerade ihr erstes graues Haar entdeckt habe. Während ich, den Hörer ans rechte Ohr gepresst, in der Diele meiner kleinen Wohnung stand und lauschte, ob das Klingeln meinen Sohn geweckt hatte, beschrieb sie mir ihr graues Haar, seine Länge und wie es sich, nicht nur optisch, sondern auch in der Struktur vom Rest ihres Haares unterschied. »Siebzehn Zentimeter«, sagte sie und dass sie es samt Haarwurzel ausgerissen und sofort ausgemessen habe. »Wie lang braucht ein Haar, um so lang zu werden? Wie konnte ich es übersehen?« Wie nebenbei erwähnte sie auch, dass das Londoner Architekturbüro, für das sie in den vergangenen drei Jahren gearbeitet hatte, Insolvenz angemeldet habe. Janina war seit einem Tag zurück in Deutschland und nun auf dem Weg zum Arbeitsamt. Ich nahm den Hörer vom Ohr und sah auf das Display.

Es zeigte die Hamburger Nummer ihrer Eltern, die ich noch aus Schultagen auswendig kannte. »Die Einschläge kommen näher«, sagte Janina. »Es ist eine verdammte Kettenreaktion. Mit einer Bank in New York fängt es an, und man denkt noch, dass das sehr weit weg ist, und dann trifft es dich plötzlich selbst. Wie geht es dir?«

»Leander und ich haben uns getrennt«, sagte ich.

»Scheiße.«

Im Kinderzimmer knackten und knarrten die Gitterstäbe des Bettchens, als mein Sohn sich von einer Seite auf die andere warf und mit den Füßen dagegen donnerte. Ein sicheres Zeichen dafür, dass er gleich aufwachen würde.

»Nach Ostern habe ich ein Vorstellungsgespräch in Berlin«, sagte Janina. »Vielleicht habe ich sogar Zeit, bei dir zu übernachten. Dann können wir reden, in Ordnung?«

»Mach dir keine Sorgen, ich bin okay«, antwortete ich. »Viel Spaß beim Arbeitsamt.«

Sie lachte. »Eine reine Formalität. Krise hin oder her, ich hoffe, dass ich deren Hilfe nicht lange brauche.«

Ich hatte die Kaffeemaschine, die ich schon am Abend vorbereitet hatte, angestellt und war zurück in mein Bett geschlüpft, um unter der Decke zusammengerollt auf das Geräusch seiner Schritte zu warten, das

Quietschen der Türklinke, wenn er sich auf die Zehenspitzen stellte, um sie herunterzuziehen, und den Knall, mit dem sie wieder hochschnellte und die Tür aufsprang. Dann kam er langsam den Flur entlang, die nackten Füße machten ein saugendes, schmatzendes Geräusch auf dem PVC-Boden, unter dem manchmal auch die alten Holzdielen knackten. Langsam, langsam, als lauschte er in die Stille hinein und überlegte, ob ich schon in der Küche oder im Wohnzimmer war, seinen grünen Stofffrosch in einer Hand, den Schnuller an der bunten Holzkette in der anderen. Ich rief nach ihm, er stieß die Schlafzimmertür, die ich angelehnt gelassen hatte, auf, sie schepperte gegen die Wand, und mein Sohn kletterte mit einem verschlafenen Lächeln und roten Wangen zu mir ins Bett.

Jetzt spielte Adrian im Garten meiner Eltern. Er lief den Hang, der von der Terrasse abwärts auf die von Kiefern und Buchen umstandene Wiese führte, hinauf und hinunter und rief immerzu: »Blau! Blau! Blau!«

»Was sagt er da?«, fragte meine Mutter, die mit einem Tablett in den Händen in der Terrassentür stand und mit der Fußspitze vorsichtig nach der lockeren Steinstufe tastete. Ich stand auf, nahm ihr das Tablett ab und stellte es auf den Tisch. In Berlin besuchte Adrian eine Kindertagesstätte, die meiste Zeit ging er dort gerne hin, aber in den letzten Wochen hatte er ein paarmal darum gebeten, zu Hause bleiben zu dürfen. Am dritten Tag gab ich nach: In Ordnung, heute machen wir einfach mal blau. Seitdem war diese Farbe zu einem Synonym für alles Schöne geworden.

Meine Mutter lächelte schmal, als ich davon erzählte. Zwar hatten sich meine Eltern mittlerweile davon überzeugen lassen, dass der Besuch einer Kindertagesstätte einem Kind nicht unbedingt schaden musste, glücklich waren sie über meine Entscheidung aber immer noch nicht. Meine Mutter ging noch einmal ins Haus, um den Kaffee zu holen, während ich den Tisch deckte. Ich hörte, wie sie die Haustür öffnete und nach meinem Vater rief, der den Rasen im Vorgarten mähte. Im plötzlich entstandenen Luftzug schlug die Terrassentür zu, und Adrian kam kreischend zu mir gelaufen, hielt sich mit beiden Händen die Ohren zu und schrie: »Laut!« Er hatte sich nicht wirklich erschrocken, er freute sich, für immer mehr Dinge, die um ihn herum geschahen, das richtige Wort zu kennen. Manchmal, wenn ich ihn nicht verstand, stampfte er wütend mit einem Fuß auf. Mir kam es vor, als wartete in seinem Kopf eine ganze Welt darauf, erzählt zu werden, sie drängte in einem Schwall aus ihm heraus, in einem Kauderwelsch, einem Singsang aus Silben, Lauten und einzelnen Worten. Ich fragte mich, wie es war, schon so viele Worte zu kennen, ohne sie selbst artikulieren zu können, so viele Fragen zu haben, ohne in der Lage zu sein, sie zu stellen. Die Terrassentür schwang wieder auf und meine Mutter kam mit der Kaffeekanne heraus. Sie schenkte uns ein.

»Willst du wirklich schon wieder zurückfahren?«, fragte sie. »Bleib doch noch ein bisschen. Wir vermissen euch immer so.«

»Ich kann ja nicht ewig wegbleiben«, sagte ich. »Ich hoffe nur, dass Leander kein Chaos hinterlässt. Ich habe keine Lust, nach Hause zu kommen und erst einmal Ordnung machen zu müssen.«

»Da führt kein Weg dran vorbei«, sagte meine Mutter. »Du glaubst doch nicht, dass er seine Sachen abholt und dann zurückkommt, um die Wohnung wieder herzurichten, um die Lücken zu füllen. Was er vorher nicht geschafft hat, wird er auch nach eurer Trennung nicht tun. Hast du dir schon überlegt, was du jetzt aus dem Schlafzimmer machst?«

Im Schlafzimmer hatten die meisten Sachen von Leander gestanden. Nach seinem Auszug aus unserer gemeinsamen Wohnung musste der Raum leer und wie ein Provisorium wirken.

»Hat er dir wenigstens das Bett gelassen?«, fragte meine Mutter.

»Ich wünschte, er würde es mitnehmen«, sagte ich. »Was soll ich mit dem Doppelbett?«

Bis mein Vater kam, gingen meine Mutter und ich einer unserer Lieblingsbeschäftigungen nach, räumten in Gedanken die Möbel in meiner Wohnung um, überlegten, was man neu anschaffen müsste und wie viele Kosten damit verbunden wären. Meine Mutter kannte den IKEA-Katalog beinahe auswendig und stellte mir einen gemeinsamen Einkaufsnachmittag in Aussicht, wenn sie mich das nächste Mal in Berlin besuchen käme. »Du wirst ja bald dreißig«, sagte sie, »da kaufen wir dir etwas Schönes. So ein Neuanfang muss auch optisch vollzogen werden, man darf ihn nicht nur denken, man muss ihn auch fühlen und sich hineinlegen können.«

Sie lachte und gab mir Milch in den Kaffee, der mittlerweile schon fast kalt geworden war. »Blau, blau, blau!«, sang Adrian und schaufelte sattbraune Blumenerde aus den Rosenbeeten auf die Terrasse.

»Er hat noch nie etwas vom Blues gehört«, sagte ich und bereute es im gleichen Moment, denn meine Mutter legte mir mitfühlend eine Hand auf die Schulter. Ich schob sie freundlich zur Seite. »Es geht mir gut«, sagte ich. »Wirklich.«

Ich sah, dass sie sich Mühe gab, mir zu glauben. »Ihr wart lange zusammen«, sagte sie. »Er ist Adrians Vater.«

»Es ist vorbei.«

Und so war es. Ich habe mich in meinem Leben niemals leicht von Menschen oder Dingen getrennt, auf meinen Fensterbänken drängen sich gerahmte Fotos, in den Regalen stapelt sich ein Album über dem anderen, aus meinem Telefonbuch streiche ich nie eine Nummer oder Adresse aus, die sich ändert, sondern versehe den Namen mit einem Sternchen und füge die neue Adresse auf einer anderen Seite hinzu. Freunden, die wie Janina in den vergangenen Jahren Dutzende Male umgezogen sind, habe ich auf diese Weise einen kleinen Lebenslauf geschrieben. Städte, Straßen, Arbeitgeber, Nummern. Es gefällt mir, dass sich viele Zahlen oft wie zufällig wiederholen und Telefonnummern bei einer Person immer eine bestimmte Ziffernfolge enthalten, bei meinem Bruder ist es zum Beispiel die 54. Janina hat immer die Hausnummer zwölf oder sieben, nur einmal ist ihr eine 83 dazwischengerutscht, eine kurze, unglückliche Episode mit einem Mann, aus dessen Wohnung sie schon wieder auszog, bevor sie all ihre Umzugskartons ausgepackt hatte. Auch wenn so etwas nichts anderes als reiner Zufall sein sollte, gab es mir doch ein Gefühl von Zusammenhang und Kontinuität, das die Trennung von Leander nicht stören, sondern wiederherstellen sollte. Wenn der Strom ausfällt, kann man es sich im Schein einer Kerze gemütlich machen. Der Wackelkontakt einer Lampe jedoch oder ein tropfender Wasserhahn können einen in den Wahnsinn treiben. Es funktionierte nicht mehr zwischen uns, aber das, was gewesen war, flackerte immer wieder kurz auf. So war es seit Adrians Geburt gewesen. Nun wollte ich den Strom abstellen. Eine alles durchdringende Dunkelheit schien mir leichter erträglich als ein Licht, auf das ich mich nicht verlassen konnte. Ich muss immer zumindest ungefähr wissen, womit ich rechnen kann.

Nach dem Kaffeetrinken half mir mein Vater, das Gepäck in meinen alten Peugeot zu verstauen. Kinderwagen, Dreirad, Koffer und Taschen mussten klug übereinandergesetzt und ineinander verkeilt werden. Mein Vater hatte auch Reifendruck, Ölstand und die Scheibenwischanlage kontrolliert, getankt und ein wenig Öl nachgefüllt. »Vergiss nicht, dass du die Sommerreifen bald aufziehen musst«, ermahnte er mich, »und wenn sie abgefahren sind und du kein Geld hast, neue zu kaufen, ruf bitte an. Sag Bescheid, wenn du Hilfe brauchst.«

Ich umarmte ihn und meine Mutter, die mit meinem Sohn auf dem Arm aus dem Haus kam, und hatte das Gefühl, dass sie sich mehr Sorgen machten als ich. Dann standen sie in der Auffahrt und winkten uns nach. Ich stellte das Radio ein, drehte den Ton leiser, noch bevor ich die Autobahn erreicht hatte, war Adrian eingeschlafen. Ich sah ihn im Rückspiegel in seinem Kindersitz sitzen, das weiche Kinn auf der Brust, die Wimpern ein dunkler Schatten auf der rosigen Haut. Wenn er so schlief, erinnerte er mich immer ein wenig an einen kleinen Buddha. Im letzten Monat war er noch einmal ein ganzes Stück gewachsen, hatte mit seinen zwei Jahren die Größe eines Drei- bis Vierjährigen erreicht, aber immer noch den rundlichen Körper eines gutgenährten, glücklichen Babys. Ich war nicht sicher, wie viel er von dem, was zwischen seinen Eltern vorging, verstand. Aber ich hatte immer den Eindruck gehabt, dass er die Spannungen zwischen uns sehr wohl mitbekam, dass er unruhiger schlief, wenn er uns am Abend streiten gehört hatte und besonders anhänglich wurde, wenn sein Vater türenschlagend und schreiend aus der Wohnung gestürmt war. Ich stellte es mir so vor, dass er alles sah, aber keine Worte dafür hatte. Etwas Namenloses wuchs in ihm an und drängte dann in einem Silbensingsang aus ihm heraus. Er fand seinen Weg, sich auszudrücken und mitzuteilen. Und ich gab mir Mühe, ihn zu verstehen. Auch Leander tat das. So sehr wir uns auch auseinandergelebt hatten, seinen Sohn liebte er zweifellos.

Ich bin nicht sicher, ob – und wenn ja, inwieweit – meine Beziehung zu Leander mit den Ereignissen der letzten Wochen in einem Zusammenhang steht. Für mich ist das eine mit dem anderen auf eine merkwürdige Weise verquickt, aber ich will nicht verschweigen, dass ich allein meinem Gefühl folge, wenn ich hier, wenn auch nur kurz, von Leander und mir berichten werde. Es ist nicht leicht, ihn zu beschreiben. Vielleicht tut man es am besten, wenn man sagt, dass er ein Mensch ist, der die Angst kennt, ohne ängstlich zu sein. Er duckte sich nicht, sondern machte ihretwegen einen besonders aufrechten Eindruck. Er hielt die Schultern immer gestrafft und reckte sein spitzes Kinn angriffslustig nach vorn. Er redete viel und konnte Stille nur schwer ertragen. Wer schweigt, ist schuldig, wer spricht, unternimmt wenigstens einen Versuch. Er versuchte viel. Als ich ihn das erste Mal sah, wetterte er gegen die Amerikaner, die kurz davor waren, in den Irak einzumarschieren. Janina und ich waren zufällig unter die Demonstranten geraten. Es war eine merkwürdige Zeit, ein Strömen und Fließen, niemand schien so recht zu wissen, wohin, und ich wusste es überhaupt nicht. Leanders Eifer gefiel mir. Es schien etwas in ihm gebündelt zu sein, ein heilsamer Zorn, ein klarer Verstand, ein kräftiger Rücken, eine Stimme, die, von keinem Mikrofon verstärkt, klar und deutlich über den Platz drang. Um mich herum kämpften alle ständig: Der Kampf um einen festen Arbeitsvertrag oder auch nur einen Praktikumsplatz, der Kampf mit der ersten Steuererklärung, der Kampf um Unabhängigkeit, und während jeder für sich allein kämpfte, stritt Leander für eine bessere Welt. Auf seinem Schreibtisch standen die gesammelten Werke von Karl Marx, daneben eine gerahmte Fotografie Willy Brandts, die Sessel in seinem Zimmer waren mit roten Sternen bedruckt, und auf einem Nierentischchen lag eine aufgeklappte Holzschachtel mit Zigarren aus Kuba. Er war ohne Vater aufgewachsen und hatte nun mehrere neue, alte Väter gefunden. Oskar Lafontaine verehrte er sehr, mich nannte er reaktionär. Ein Wort, das aus der Mottenkiste meiner Eltern zu stammen schien. Mein politisches Bewusstsein, warf Leander mir vor, beschränke sich auf den Versuch, die Privilegien der herrschenden Klasse erhalten zu wollen. Und das, obwohl ich mich mit meinem abgebrochenen Studium, einem Hilfsjob in der Bibliothek und einem kleinen Roman, der kaum Aufmerksamkeit erregt hatte, wohl kaum selbst zu den Herrschenden zählen oder auch nur von ihnen profitieren konnte. In klaren Momenten sah ich die Inszenierung, die in seinen Reden, seinen Auftritten, seiner Wohnung und selbst den regelmäßigen Muschelessen steckte, zu denen er politische Weggefährten, Kommilitonen und Mitstreiter in seine enge, mit einem Kohleofen beheizte Küche einlud. Ich sah seinen Eifer und seinen kaum verhohlenen Ehrgeiz genauso wie seine Unfähigkeit, Freundschaften zu schließen. Es gab Gefährten und Gegner, Unbelehrbare und solche, die es noch zu überzeugen galt. Und es gab mich. Während meine Freunde und Freundinnen die Universität verließen, auf ihre ersten Arbeitsverträge anstießen und ihre Karrieren planten, rauchte ich schwarzen Tabak und Zigarren aus Kuba und stritt mit Leander bis in die Nacht hinein oder bis die alte Dame, die unter ihm wohnte, mit dem Besenstiel gegen die Decke stieß. Gemeinsam versuchten Leander und ich es anders zu machen und schafften es, solange sein Bafög und das Geld, das ich dazuverdiente, uns zum Leben reichten. Am Ende dreht sich alles ums Geld. Und wenn es ums Geld geht, scheint es nicht schwer, sich das Scheitern von Idealen und Überzeugungen einzugestehen.

Nach seinem Studium arbeitete Leander als freier Journalist. Er schrieb nur über Dinge, die ihn interessierten und lehnte jeden Auftrag ab, der mit seinen Überzeugungen kollidierte. Umgekehrt stürzte er sich für etwas, das seine Neugierde weckte, in umfangreiche Recherchen und machte sich eine solche Arbeit damit, dass die Einnahmen die Ausgaben bald nicht mehr deckten. Was er schrieb, kam gut an, mancher Redakteur nannte seinen Schreibstil brillant, aber die Zeilenhonorare waren so niedrig, dass selbst Leander irgendwann das Gefühl bekam, seine Arbeit würde nicht genug Wertschätzung erfahren. Wir diskutierten nächtelang, ob Worte ihren Wert und ihr Gewicht dadurch erhielten, wie viel Geld man für sie bekam, oder dadurch, wie viel man als Schreibender für sie zu zahlen bereit war. Welche Opfer konnten wir bringen, welcher Preis war zu hoch, auf welche Wirkung waren wir aus? Und hatten wir tatsächlich das Recht, mit anderen Maßstäben als mit denen zu messen, mit denen alle anderen maßen? Die Umstände machten es leicht, eine Entscheidung hinauszuzögern. Leanders Berufsstart war in eine Zeit gefallen, in der allen Zeitungen sowohl Abonnenten als auch Anzeigenkunden wegbrachen. Viele Journalisten wurden entlassen, Volontäre nicht übernommen, unbefristete Arbeitsverträge gab es fast gar nicht mehr. Wir machten einfach weiter. Rauchten, redeten, schrieben, manchmal reisten wir auch, am Monatsende ging uns regelmäßig das Geld aus, dann rationierten wir die Zigaretten, luden uns bei Freunden zum Essen ein oder ließen im »Schlauch« anschreiben, einer kleinen Imbissbude, in der es Ananaslimonade oder Bier zu Schaschlik, Currywurst und Kartoffelsalat gab. Adrians Geburt änderte alles. Während ich in den Wehen lag, bekam Leander einen Anruf aus Berlin. Ein amerikanischer Medienkonzern hatte trotz der Krise eine neue Zeitschrift auf den Markt gebracht, ein glänzendes Magazin, für das jetzt händeringend Reporter und Redakteure gesucht wurden. Wenn auch erst einmal ohne einen festen Vertrag. Der Tagessatz, den sie boten, erschien uns schwindelerregend hoch. Leander verließ das Krankenhaus für ein paar Stunden, holte mein Sparbuch aus unserer Wohnung, hob mittels einer Vollmacht unser letztes Geld ab und kleidete sich bei einem Herrenausstatter im Hamburger Bahnhofsviertel neu ein. Es war ein merkwürdiger, altertümlicher Laden aus den fünfziger Jahren, und während ich am Bett unseres neugeborenen Sohnes saß, stellte ich mir vor, wie Leander durch die verwinkelten, mit Jacketts, Hemden, Hosen und Mänteln vollgestopften Zimmerchen ging, treppauf, treppab, durch schmale Flure, deren hintere Enden mit ausgeblichenen Vorhängen als Umkleidekabinen abgeteilt waren. Ein merkwürdiges und zugleich anheimelndes Kabinett, durch das alte Herren in eleganten Anzügen wie Schatten glitten, an Worten sparten, und wenn sie doch sprachen, klang es, als hätten sie einen Fisch im Mund und wollten ihren Fang mit niemandem teilen. Leander und ich lebten schon lange in Hamburg, die Stadt war unser Hafen geworden, den wir auch dann nicht verlassen hatten, als ein Freund nach dem anderen, Professoren, Kommilitonen, ja sogar unser Lieblingscafé samt Besitzer, Bedienungen und Inventar nach Berlin gezogen waren. Jetzt machte sich auch Leander auf den Weg dorthin, im neuen Anzug, mit weißem Hemd und einem klassisch geschnittenen Mantel aus dunkelblauem, fast schwarzem Kaschmir. Sein Vorstellungsgespräch fand in einem kleinen Palast Unter den Linden statt, nicht weit von der Friedrichstraße entfernt. Ich schaltete mein Handy alle zehn Minuten ein, um zu sehen, ob Leander schon eine Nachricht geschickt hatte. Als wir schließlich miteinander sprachen, sagte er in seinem gewohnt nüchternen, leicht ironischen Ton, dass es angesichts der hohen Arbeitslosigkeit, die in Berlin herrsche, beinahe schon an ein Wunder grenze, dort in Brot und Lohn zu kommen. Aber er habe ja immer an Wunder geglaubt.

Zwei Tage später wurden Adrian und ich aus dem Krankenhaus entlassen, Leander fuhr uns nach Hause und anschließend zurück nach Berlin. Ohne ihn und allein mit dem Baby kam mir unsere Wohnung plötzlich wie ein Gefängnis vor. Fünfter Stock, ohne Fahrstuhl, Bad und Klo unbeheizt, in der Küche der alte Kohleofen, die Stromkabel waren über dem Putz verlegt, der sich in dicken Placken von den Wänden und der Decke löste. Ständig brannten die Glühbirnen durch, die Sicherung sprang raus, wenn man den Staubsauger anstellte, während die Waschmaschine noch lief oder wenn jemand an der Wohnungstür klingelte. Die ganze Nacht über der Lärm der Betrunkenen, Feiernden, Streunenden. Früh am Morgen rollten die Lastwagen über das Kopfsteinpflaster, holperten, hupten, die Fahrer luden ihre Waren aus, stritten sich oder unterhielten sich lautstark. Später am Tag wechselte sich die Musik des Leierkastenmannes mit der der dunkelhäutigen Kinder ab, die mit Trompeten, Schifferklavier und Pappbechern, in denen sie Münzen sammelten, durchs Viertel zogen. Leander kam nur am Wochenende, manchmal nur für ein paar Stunden, manchmal gar nicht. Und wenn er da war, war er entweder so überdreht, dass er keine Minute ruhig dasitzen, zuhören und seinen Sohn wiegen konnte; oder aber er war derartig erschöpft, dass er einschlief, während ich ihm etwas erzählte und kurz nachdem er mich mit schleppender Stimme gebeten hatte, ihm einen Espresso zu kochen.

Nach vier Monaten fast ununterbrochener Arbeit und zahlreichen Auslandsreisen, zwischen wechselnden Redakteuren, starken und schwachen Auflagen einzelner Ausgaben, hämischer Kritik seitens der Konkurrenz, zahlreichen Entlassungen und vielen unglaublich hohen Tagessätzen, von denen wir das meiste in Erwartung schlechterer Zeiten zurücklegten, bekam Leander zu seiner und meiner Verblüffung einen festen, unbefristeten Arbeitsvertrag. Verglichen mit den Tagessätzen war sein Gehalt niedrig, aber es gab uns Sicherheit. Unbefristet – dieses Wort war ein Zauberwort, und wem immer wir in diesen Tagen davon erzählten, gingen die Augen auf. Unbefristet. Unglaublich. Viele waren auf der Suche, arbeiteten auf Zeit, waren arbeitslos, hielten sich mit Fortbildungen über Wasser, die sie aus eigener Tasche bezahlten, oder gingen noch einmal an die Universität zurück. In unserem Freundeskreis waren Leander und ich die einzigen Eltern, und auf einmal kam es mir vor, als hätten wir aufgeholt. Während die ersten Beziehungen auseinandergingen, Freundinnen plötzlich vom Ticken ihrer biologischen Uhr sprachen und Karrieren einen Knick bekamen, begannen Leander und ich mit unserem Sohn ein neues Leben.

Im Juli ließen wir Adrian in Hamburg taufen, da wir nicht geheiratet hatten, war es das erste große Familienfest, das wir gemeinsam ausrichteten, ein Großteil des Ersparten ging dafür drauf, es wurde ein herrlicher Tag. Anfang September zogen wir nach Berlin. Für die Wohnungssuche hatten wir uns nicht viel Zeit genommen, ein einziger Nachmittag sollte reichen. Meine Mutter passte in Hamburg auf Adrian auf, ich nahm einen frühen Zug nach Berlin, holte Leander in der Redaktion ab und besichtigte sechs Wohnungen mit ihm. Alle lagen im Ostteil der Stadt, weil Leander nah an der Redaktion wohnen wollte, außerdem lebten die meisten unserer Bekannten hier, nur unser Lieblingscafé aus Hamburg hatte in Charlottenburg wiedereröffnet. Bei jeder Besichtigung gaben wir eine Mappe ab, die Leander vorbereitet hatte. Die Vermieter forderten nicht nur Gehaltsabrechnungen, sondern auch unsere Steuererklärungen der letzten zwei Jahre, wir mussten unsere Schufa-Auskunft und ein Schreiben unseres Hamburger Vermieters abgeben, das unsere Mietschuldenfreiheit belegte, sowie eine Liste sämtlicher Wohnungen, in denen wir jemals gemeinsam und unabhängig voneinander zur Miete gewohnt hatten. Gemessen an den Sicherheiten, die man uns abverlangte, hätte man meinen können, dass wir Paläste besichtigten, in Wirklichkeit waren es vor allem schlecht geschnittene, ätzend nach Farbe und Lack riechende Wohnungen, die an lauten, von Cafés und Geschäften gesäumten Straßen lagen oder auf düstere Hinterhöfe mit brandneuen Fahrradständern und gemauerte Feuerschutzwände hinausgingen. Nach jeder Besichtigung teilten wir uns eine Zigarette und hetzten zur nächsten Adresse weiter. Keine der Wohnungen begeisterte uns, aber die Zeit drängte. Leander lebte in einer Pension, zusammen mit der Miete in Hamburg würden die Kosten sein neues Einkommen schnell übersteigen, und weder wollte ich in eine Wohnung ziehen, die wir nicht gemeinsam besichtigt hatten, noch wollte er allein eine Wohnung für uns aussuchen. In Hamburg hatten wir in seiner Studentenbude gelebt, in Berlin suchten wir nun unsere erste gemeinsame Wohnung. Der letzte Besichtigungstermin war der einzige, der ohne die Begleitung eines Maklers und ohne einen Trupp gleichfalls Interessierter und Suchender stattfand. Leander hatte schon am Vortag den Schlüssel bei der Wohnungsbaugesellschaft abgeholt, und jetzt stiegen wir am Alexanderplatz die Treppen zur U-Bahn hinab und nahmen die U 5 in Richtung Hönow. Wir mussten nur drei Stationen fahren, aber in dieser kurzen Zeit fiel unsere Stimmung auf einen Tiefpunkt, von der Aufregung, ja Euphorie, die wir noch am Morgen gefühlt hatten, war nichts mehr geblieben, und als wir aus der unterirdischen Station wieder ins Freie traten, war es plötzlich dunkel geworden. Der Himmel hatte sich zugezogen, die Wärme flimmerte feucht, Mückenschwärme tanzten um meine nackten Waden und vor meinem Gesicht, ich kniff die Augen zusammen, und Leander wischte sich mit dem Zeigefinger ein schwarzes Körperchen vom unteren Augenlid.

»Das muss doch weh tun«, sagte ich und schob seine Hand zur Seite. »Lass mich mal.« Donnergrollen kündigte ein nahendes Sommergewitter an.

Leander hatte mich gewarnt. Die Wohnung, die wir

nun besichtigen würden, liege in keiner schlechten, aber doch in einer etwas eigenartigen Gegend. Der Stadtteil Friedrichshain bestünde grob gesagt aus drei Teilen, einerseits aus dem linksautonomen und von Studenten geprägten Viertel um die Simon-Dach-Straße, andererseits aus den riesigen, größtenteils sanierten Plattenbauten zum Ostbahnhof hin, Richtung Kreuzberg, und dann gebe es da noch die Häuser um die Karl-Marx-Allee, die mich vielleicht ein wenig an die faschistische Architektur Italiens erinnern würden. Stalinistischer Zuckerbäckerstil, hatte Leander gesagt, worunter ich mir nur wenig vorstellen konnte. Als ich nun zum ersten Mal auf der Karl-Marx-Allee stand, an deren einem Ende die silberne Kugel des Fernsehturms die dunklen Wolkenmassen widerzuspiegeln schien und auf deren anderer Seite die von hellgrünen Kuppeln gekrönten Türme des Frankfurter Tores aufragten, musste ich tatsächlich einen Augenblick lang an Italien denken. Genauer gesagt: an Rom. Die sandfarben gekachelten Fassaden, die großen Balkone und die dunkelgrünen Fensterläden machten einen südländischen Eindruck auf mich. Ich zählte die Fensterreihen bis zu den Dachterrassen hinauf, sieben Stockwerke. Die Eingänge waren von geriffelten Säulen flankiert und mit bunten Mosaiken geschmückt. Vor allem aber fiel mir auf, dass Leander und ich allein waren. Hinter einigen Fenstern wurde Licht gemacht oder der Fernseher eingeschaltet, hinter den Schaufenstern eines Cafés namens »Ehrenburg« flackerten orangefarbene Glaslampen auf, durch die niedrigen, knotigen Kronen von Linden und Pappeln stürmte der Wind, aber nicht ein einziger Mensch war zu sehen. Kein Fahrrad schoss an uns vorbei, niemand räumte Möbel auf einem Balkon zusammen oder trug noch schnell das Geschirr hinein, die Cafétische waren verwaist, und selbst hinter der hohen Theke, die wie ein dunkler Block in der Mitte des »Ehrenburg« stand, konnte ich keine Bedienung oder einen Barkeeper entdecken. Ich war fast ein wenig erleichtert, als mir die alte Frau auffiel, die an einer von Gartenrosen und Lavendel eingefassten Wiese auf einer Bank saß. Deutschlehrerin, dachte ich sofort, nein, schlimmer: Latein. War in den Schulen der DDR auch Latein unterrichtet worden? Ich hatte mich bis zum großen Latinum damit abgequält. Die Frau auf der Bank erinnerte mich an meine Lateinlehrerin, die von heftigen Migräneattacken heimgesucht worden war, wenn wir ›das‹ anstelle von ›daas‹ gesagt oder die lateinischen Texte wie die Betriebsanleitung einer Kaffeemaschine vorgetragen hatten.

»Ah«, sagte Leander, der die Frau auch entdeckt hatte und versuchte, sich gegen den Wind eine Zigarette anzuzünden. »Die Gute gehört bestimmt noch zur

Originalbesatzung.« Als hätte sie das gehört, sah sie auf. Sie hielt sich sehr aufrecht, hatte die Hände im Schoß übereinander gelegt, ihr eisgraues, glattes Haar war auf Kinnlänge geschnitten, das Gesicht wirkte knochig und spitz. Sie war in unterschiedlichen Braun- und Grautönen gekleidet, der Rock reichte ihr bis über die Knie, und als wir näher kamen, sah ich, dass sie unter dem rechten Arm eine große, flache Mappe aus rotem Kunstleder trug. Ich spürte, dass Leander die Frau ansprechen wollte, er hatte so eine Art, mit den merkwürdigsten Leuten Kontakt aufzunehmen, die mich immer wieder aufs neue irritierte und störte. Vielleicht gehörte das zu seinem Beruf. In Hamburg kannte er die schrägsten Kneipen, in denen Zuhälter und Nutten, ehemalige Kurzwarenverkäuferinnen, Hafenarbeiter und Großväter Herrengedecke bestellten und riesige Frikadellen mit Kartoffelsalat aßen. Er war mit jedem von ihnen per Du, kannte Lilly, die als Tochter jüdischer Exilanten in Shanghai geboren worden war, mit sechzehn als Prostituierte in der Hermannstraße angefangen hatte und jetzt stolze Eigentümerin einer Imbissbude war, genauso wie die drei Pastoren von St. Michaelis und den Kiezkönig, der am Hafen ein neues Hotel bauen ließ. Jetzt wollte Leander die Alte mit der roten Mappe kennenlernen. Auf seinen Lippen lag schon jenes halb ironische, halb erwartungsvolle Lächeln, bei dem er die rechte Wange immer zwischen die Backenzähne sog und langsam darauf herumkaute. Ich fasste nach seinem Arm. »Jetzt nicht, komm weiter. Weißt du eigentlich, wo wir hinmüssen?«

Er lachte mich an. In gut zwei Stunden ging mein Zug, bis dahin, so hatten wir es uns vorgenommen, wollten wir eine Entscheidung getroffen haben. Die Löwestraße lag parallel zur Karl-Marx-Allee an der kleinen Grünfläche, an der die Alte saß. Ich hatte das Gefühl, dass sie aufgestanden war und uns nachkam, aber als ich mich umdrehte, sah ich, dass sie immer noch auf der Bank saß. Die ersten Regentropfen fielen, dick und warm zerplatzte einer auf meinem Kopf, lief unter den Haaren die Kopfhaut bis zu meinem Ohr hinunter. Das Haus Löwestraße Nummer eins war das linke Eckhaus eines U-förmigen Ensembles und wirkte wie eine etwas kleinere, weniger aufwendig gestaltete Variante der Häuser an der Karl-Marx-Allee. Leander schloss die Haustür auf. Wir betraten ein riesiges Treppenhaus, die braunen Sprossengeländer der Treppen und Galerien schraubten sich in die Höhe, die Wände waren mit Ölfarbe in einem blassen Behördengelb gestrichen. Es roch nach Hackbraten und Kartoffeln und im Fahrstuhl nach Zigarettenrauch. Die Wohnung im zweiten Stock ging nach Nordosten auf einen kleinen Park hinaus. Im Flur gab es keine Lampe, das schwächer werdende Licht, das von draußen hereinfiel, reichte gerade, um sich zu orientieren. Nur im Bad hing eine nackte Glühbirne von der Decke. Ich knipste sie an und ließ die Tür weit offen, um wenigstens etwas sehen zu können. Drei Zimmer, Küche und Bad, kein Balkon. Die Wände waren frisch tapeziert, verströmten noch den Geruch von Farbe und Leim. Zweige schlugen gegen die Fensterscheiben. Unter dem hellen PVC-Boden knackten die alten Holzdielen. Ich entriegelte das Küchenfenster, lehnte mich weit in den Regen und das wogende, rauschende Grün hinaus, sog den Geruch von nassem Asphalt und dunkler Erde ein, die Geräusche erinnerten eher an einen Garten als an die Stadt. Leander trat neben mich, reichte mir eine Zigarette, der Regen zeichnete graue Flecken auf das weiße Zigarettenpapier. Das Fenster war schmal, wir standen Arm an Arm, Hüfte an Hüfte, ich lehnte meine Wange gegen seine Schulter, atmete den Duft seiner Haut, seines Halses, seines Haars. Wir wussten, wir hatten unsere Wohnung gefunden. Als wir sie verließen, fiel mir auf, dass wir, von dem Moment an, in dem Leander die Tür aufgeschlossen hatte, kein Wort mehr gesprochen hatten. Mir erschien das wie ein gutes Omen, als ein Zeichen stiller Übereinkunft.

Im Treppenhaus kam uns die Alte mit der roten

Mappe entgegen. Sie sah uns nicht an und stieg mit schnellen, sicheren Schritten die Stufen hinauf. Leander lächelte, ich fasste ihn am Arm, vergeblich. »Guten Abend!«, rief er. Die Alte blieb stehen und sah über das Sprossengeländer der Galerie zu uns hinunter.

»Wohnen Sie schon lange hier?«, fragte er. Sie legte eine Hand an den Mund, als wollte sie uns etwas zuflüstern, aber dann trat sie vom Geländer zurück und ging wortlos weiter. Im gleichen Moment wurde die Haustür geöffnet, und ein Mann schob seinen Gehwagen über die Schwelle. Er war extrem groß und sehr hager, hatte einen kahlen, eierförmigen Kopf und einen grauen Schnauzbart. Er lachte und streckte uns über seinen Gehwagen hinweg die Hand entgegen. In dem Korb, der am Wagen befestigt war, lag ein Stapel ordentlich zusammengefalteter Plastiktüten. Seine Hand war vom Regen nass. »Wiesheu«, sagte er. »Vierter Stock rechts. Und selber?«

»Zweiter Stock rechts«, erwiderte Leander prompt. »Wenn alles klappt und wir die Wohnung bekommen.« Herr Wiesheu nickte, mit der knappen Kopfbewegung schien er uns sowohl von oben bis unten zu mustern als auch seiner Zustimmung Ausdruck zu verleihen. »Guter Rat gefällig?«, fragte er und fischte ein Päckchen Zigaretten unter den Plastiktüten hervor. Leander nahm sein Angebot an und ließ sich von Herrn Wiesheu Feuer geben. »Wenn euch die Wohnung gefällt, schaut ihr am besten gleich bei Frau König vorbei. Sechster Stock links. Die ist hier der Kopf im Haus.« Die Seele, dachte ich automatisch.

Es war eines der wenigen Male, das wir bei Frau König klingelten und sie öffnete. Danach traf ich sie eigentlich immer nur, wenn sie mich treffen wollte.

»Sie kommen wegen der Wohnung?«, fragte sie anstelle einer Begrüßung.

»Ja. Zweiter Stock rechts«, antwortete Leander und klang dabei fast so zackig wie sie. »Für unsere Bedürfnisse optimal.«

Frau König lud uns auf einen Schnaps ein, den wir stehend in ihrer neuen Küche tranken. Der weiße Schleiflack der Schränke war noch mit durchscheinend grünen Schutzfolien verklebt, und es juckte mich in den Fingern, sie abzuzupfen. Ich mag es, wenn unter der Folie etwas ganz Neues, Unberührtes zum Vorschein kommt und die Folie kleine Blasen schlägt, bevor sie sich ablöst. Zum Abschied zeigte Frau König uns noch den hängenden Wäscheständer, den ihr verstorbener Mann konstruiert hatte und den sie allen im Haus empfahl. Mit einer kleinen Winde konnte man ihn auf die Badewanne herunterlassen oder bis unter die Decke hochziehen. »Das spart Platz«, sagte sie. »Wenn Sie wollen, finde ich jemanden, der Ihnen auch einen macht.«

Mein Daumen fuhr am Lenkrad auf und ab, die Autofahrt zurück nach Berlin dauerte länger als geplant. Wegen der Feiertage hatte ich mit dichtem Verkehr gerechnet, nicht aber damit, dass Adrian schon kurz hinter Hamburg wieder aufwachen und für die restlichen zweihundertachtzig Kilometer schlechte Laune haben würde. Wir machten mehrere Pausen, aßen Pommes und Eiscreme, ich sang alle Kinderlieder, die ich auswendig wusste und dachte mir neue aus, jedoch ohne große Erfolge bei ihm zu erzielen. Zwei Mal fuhr ich mit eingeschalteter Warnblinkanlage rechts ran, weil Adrian sich abgeschnallt hatte und zwischen den Sitzen zu mir nach vorn kletterte. Gegen sechs Uhr am Abend, nach fast fünf Stunden Fahrt, erreichten wir endlich Berlin. Die sanierten Altbauten wurden bald von Mietskasernen aus den dreißiger Jahren abgelöst, es folgten Plattenbauten, bunte Riegel mit verglasten Balkonhöhlen, der Fernsehturm lag einmal vor mir, dann neben mir, einen Augenblick später sah ich ihn im Rückspiegel, so als rollte die silberne Kugel über die Dächer hinweg, als veränderten sich die Koordinaten ständig. Nach einem langen, selbst für hiesige Verhältnisse ungewöhnlich kalten Winter war es auch hier endlich Frühling geworden. Im Volkspark gab es mehr Menschen als freie Grasflecken und der Duft von gegrilltem Fleisch wehte durch das heruntergekurbelte

Fenster zu mir herein. Als ich in die Löwestraße bog, fiel alle Anspannung mit einem Mal von mir ab. Über der schmalen Straße lag ein Netz aus Sonnen- und Schattenflecken, Pollen, die mich an Löwenzahnsamen erinnerten, tanzten in der warmen Luft, das kräftige Gelb der Forsythien hob sich leuchtend von den zartrosafarbenen Blütenwolken der Bäume ab. Als ich mit Adrian auf einem Arm, einer Tasche über der anderen Schulter und einem weiteren Koffer auf das Haus zuging, musste ich plötzlich an etwas denken, das einer der Möbelpacker am Tag unseres Einzugs zu mir gesagt hatte: »Manchmal räumen wir eine Wohnung ein und kommen kurze Zeit später wieder. Einer von beiden zieht aus. Das ist der Bestfall. Meistens müssen beide die Wohnung verlassen, weil einer allein sie sich nicht leisten kann. Sie haben das richtig gemacht, diese Wohnung kann man zu zweit bewohnen, aber auch alleine bezahlen.«

»Wir sind zu dritt«, sagte ich. »Unser Sohn ist bei meinen Eltern.«

Der Möbelpacker sah mich überrascht an: »Ja, ja, das weiß ich. Ich habe das Kinderbett und die Wickelkommode geschleppt, aber das meinte ich nicht.«

Seine Bemerkung kam mir unpassend vor, und ich war in die Küche gegangen, um nachzusehen, ob noch genügend Bier und belegte Brote für die Möbelpacker da waren oder ob ich Leander noch einmal in den kleinen Lebensmittelmarkt an der Karl-Marx-Allee schicken sollte.

Ich setzte Adrian vor der Haustür ab und schloss auf. Seine Laune war nun deutlich besser. Er verstand vermutlich erst jetzt, dass wir seine Großeltern nicht verlassen hatten, damit er den Rest seines Lebens in einen Kindersitz eingezwängt auf der Autobahn verbringen musste, sondern um nach Hause zu kommen. Er freute sich, wieder hier zu sein. Ich sah, dass unser Briefkasten überquoll, beschloss aber, ihn erst morgen früh oder später, wenn Adrian schon im Bett lag und ich die Koffer ausgepackt hatte, zu leeren. Irgendwo zwischen den Zeitungen, Werbeprospekten und Briefen lag der Schlüssel, den Leander mir nach seinem Auszug zurückgegeben hatte. Vielleicht hing sogar noch der Schlüsselanhänger daran, den ich ihm einmal geschenkt hatte. Ein kleines Straßenschild aus blauem Blech, auf dem in weißer Schrift »Reeperbahn« stand. Ich brachte unser Gepäck in den Fahrstuhl und ließ Adrian den Knopf drücken. Die Fahrstuhltür schloss sich lautlos, die Kabine fuhr mit einem leichten Ruck an. Als wir im zweiten Stock wieder ausstiegen, stürzte Adrian sofort auf die Wohnungstür zu und rief nach seinem Vater. Ich nahm ihn auf den Arm, er wand sich, ich sagte: »Papa ist nicht hier. Er ist arbeiten.«

Da hörte ich Stimmen hinter der Tür, die eines Mannes und die einer Frau. Die beiden schienen zu streiten. Keine der Stimmen kam mir bekannt vor, und ich verstand nicht, worum es in dem Streit ging. Ich dachte an den überquellenden Briefkasten und fragte mich, ob Leanders Schlüssel vielleicht herausgerutscht war und jemand ihn gefunden hatte.

Ich drückte die Klingel, der schrille synthetische Ton ließ mich zusammenfahren, mein Sohn johlte vergnügt und klingelte gleich noch einmal. Die Stimmen verstummten nicht, aber es kam auch keiner, um uns zu öffnen. Das Radio fiel mir ein. Leander hatte wieder einmal vergessen, das Radio auszuschalten. Ich schloss auf und drückte mit dem Oberarm gegen den Lichtschalter, die Lampe über uns ging an, und durch die offene Wohnzimmertür sah ich Leanders Laptop auf dem Fußboden stehen. Die Türen zur Küche, zum Kinder- und zum Schlafzimmer waren geschlossen. Das gelbe Rauchglas glänzte matt, was hieß, dass in keinem der Räume Licht brannte. Mit Adrian auf dem Arm ging ich ins Wohnzimmer und versuchte zu erkennen, was Leander mitgenommen hatte. In dem großen, weißen Regal, das bis unter die Decke reichte, schienen einige Bücher zu fehlen, ansonsten war alles unverändert, sogar den flaschengrünen Kordsessel, den wir zu Weihnachten zusammen gekauft hatten, hatte Leander dagelassen. Der Bildschirm seines Laptops war schwarz. Als ich mit der Schuhspitze gegen die Tasten tippte, erschien die Maske des Deutschlandfunks. Ich schaltete den Ton aus, die Stimmen verstummten. Im gleichen Moment ging die Küchentür auf. Ich fuhr herum, Adrian rutschte von meinem Arm auf den Boden und stürzte auf seinen Vater zu, der mit ausgebreiteten Armen im Flur stand. In einer Hand hielt er ein riesiges, spitzes Messer, sein weißes Unterhemd war rot bespritzt.

»Entschuldige«, sagte er über Adrian hinweg, der sein Gesicht fröhlich an Leanders Schulter rieb. »Ich wollte dich nicht erschrecken. Willkommen zu Hause. Ich habe für euch gekocht!«

Tatsächlich hatte er gerade erst angefangen. Auf dem Küchentisch stand eine offene Dose geschälter Tomaten, daneben ein Brettchen mit einer halbierten Zwiebel darauf. Ich nahm Leander das Messer aus der Hand und legte es außerhalb von Adrians Reichweite auf dem Rand des Spülbeckens ab.

»Was machst du hier?«, fragte ich.

Er küsste Adrians Haar, schwang ihn herum und murmelte in seinen weichen, duftenden Hals: »Das mit der Wohnung hat nicht geklappt.«

Ich ging einen Schritt zurück in den Flur, dann ins Schlafzimmer. Sein Schrank, sein Schreibtisch, seine Kommode, der Sternensessel und die Bilder von Willy

Brandt und Karl Marx waren immer noch da. Leander kam mir mit Adrian auf dem Arm nach. »Keine Sorge«, sagte er. »Ich schlafe nicht hier, ich habe mir ein Zimmer in der Pension genommen, in der ich auch anfangs war.«

»Warum hast du nicht angerufen?«, fragte ich und bemühte mich, meiner Stimme einen neutralen Klang zu geben. Ich wollte nicht, dass Adrian meinen Ärger mitbekam.

»Lust auf eine frische Tomatensuppe?«, fragte Leander und fügte mit einem Blick auf die offene Wohnungstür hinzu: »Hast du schon alles oben oder ist noch Gepäck da, das ich holen soll?«

»Du hättest anrufen müssen«, sagte ich.

»Ja, tut mir Leid. Aber da gibt es auch noch etwas anderes, das ich dir sagen muss. Ich wollte es persönlich mit dir besprechen.«

»Was?«, fragte ich.

»Später.«

Adrian wand sich in seinen Armen, Leander setzte ihn ab und ließ sich von ihm an einer Hand ins Kinderzimmer ziehen, wo sofort eine Kiste mit Spielzeugautos krachend auf dem Boden ausgeleert wurde. Ich ging in die Küche und zündete mir eine Zigarette an. Leander hatte Anfang des Jahres zu rauchen aufgehört, aber ich kam nicht davon los. Ich sah zu, wie die Aschespitze langsam wuchs und dunkler wurde, je weiter sich die Glut dem Filter näherte. Der Rauch stieg in feinen Fetzen zur Decke hinauf, die leise knarrte. In der Küche über mir lief die Waschmaschine, der Schleudergang versetzte meine Lampe in Schwingung. Vor dem Fenster stand noch keine undurchdringlich grüne Wand, durch Blüten und zartes Grün konnte ich die Häuser am anderen Ende des kleinen Parks sehen. Es würde nur noch wenige Tage dauern, bis sie für den Rest des Sommers aus meinem Blickfeld verschwanden. Als ich die Zigarette ausdrückte, spielten Leander und Adrian noch immer, und ich setzte mich an den Tisch, um die Zwiebel zu Ende zu hacken. Dann holte ich Knoblauch und Olivenöl aus dem Schrank und setzte den Topf auf die Platte, die Leander schon angemacht hatte und die mittlerweile feuerrot war. Ich spürte eine merkwürdige Ruhe in mir, so, als wäre etwas ausgeknipst worden, meine Gedanken waren ein gleichmäßiger, breiter Strom, der nichts abtrug, nichts mitriss, nichts plattwalzte. Ich glitt über den Strom hinweg, spürte die leichte Kühle, die vom Wasser aufstieg wie ein Hauch, aber weder Angst noch Zorn, weder Hoffnung noch Traurigkeit oder Schmerz.

2

Adrian war so aufgekratzt, dass er erst gegen elf Uhr endlich einschlief. Leise stand ich von der Matratze neben seinem Bettchen auf und schloss die Kinderzimmertür hinter mir. Ich wusch das Geschirr ab, deckte fürs Frühstück, packte die Koffer aus und stopfte die Schmutzwäsche in die Trommel der Waschmaschine, die ich gleich morgen früh, noch bevor ich Adrian in die Kita brachte, anstellen wollte. Dann zog ich mich um, legte mich auf meine Seite des Doppelbetts und knipste das Licht aus. Aber ich konnte nicht schlafen. Obwohl bei diesen Temperaturen wohl keiner im Haus seine Heizung eingeschaltet hatte, klopfte es in den Rohren, die aus der Decke kamen, an der Wand zwischen den beiden Fenstern entlangliefen und im Boden wieder verschwanden. Über mir hörte ich den Fernseher, ein Blockbuster, dachte ich, mir gefiel dieses Wort und ich verwendete es für jeden Film, den sie über mir sahen und von dem nur Grollen, Zischen, Schüsse und Musik, die eine Gefahr anzukündigen schien, zu mir herunterdrangen. Aber kein einziges Wort. Die Soundeffekte überlagerten die Dialoge.

Nachdem Leander mit einer kleinen Tasche in die Pension aufgebrochen war, hatte ich mit meinen Eltern telefoniert und ihnen erzählt, dass er nicht ausgezogen war und ich nicht wusste, was das zu bedeuten hatte und wie es jetzt weiterging. Wie spielten die verschiedenen Möglichkeiten durch: Leander hoffte, dass ich es mir noch einmal anders überlegte. Das mit seiner Wohnung hatte tatsächlich nicht geklappt, aber er würde innerhalb kürzester Zeit etwas anderes finden und dann doch ausziehen. Er würde ausziehen, aber seine Sachen hier lassen, weil er nach einem wirklichen Neuanfang für sich suchte und allen alten Ballast bei mir lassen wollte. Ich würde ausziehen und für mich und Adrian eine neue Wohnung suchen. Diese Variante gefiel meiner Mutter, die von den Stalinbauten, in die wir gezogen waren, nicht viel hielt, am besten. Sie fragte sogar, was ich überhaupt noch in Berlin wolle, ich könne doch wieder zurückkommen. Nach Westdeutschland, sagte sie, und ich konnte mir vorstellen, wie mein Vater am Fenster stand, ihr zuhörte und dabei sein Spiegelbild oder den Buchenwald auf der gegenüberliegenden Straßenseite anlächelte. Als er die Häuser zum ersten Mal gesehen hatte, hatte er das Gleiche gesagt wie Leander: Faschistisch. Und hinzugefügt, dass diese Architektur ja nicht ohne Sinn und Verstand sei, man könne sie sich regelrecht schöndenken, sich in sie hineinleben. Aber sobald du zwischen diesen Arbeiter- und Bauernpalästen wieder hervortrittst, atmest du auf und merkst plötzlich, wie sehr sie dich bedrückt haben.

Zumindest nach Westberlin solltest du ziehen, hatte meine Mutter gesagt.

Darüber dachte ich nach, als ich nun auf meiner Seite des Bettes lag und mit einer Hand über Leanders aufgeschlagene Bettdecke strich. Er hatte seine Arbeit verloren. Im letzten Monat waren sowohl die Auflage als auch die Zahl der Werbekunden derart massiv eingebrochen, dass das amerikanische Mutterhaus des Magazins dessen Einstellung beschlossen hatte. In der Woche vor Ostern war die letzte Ausgabe erschienen, morgen sollten die Redaktionsräume aufgelöst werden. Es war typisch für Leander, dass ich davon erst jetzt erfuhr und ebenso natürlich, dass er es mir mit den besten Absichten verschwiegen hatte – nämlich um mir meinen Osterurlaub nicht zu verderben. Seine Art, Dinge bis zur letzten Minute für sich zu behalten und einen dann im Guten wie im Schlechten vor vollendete Tatsachen zu stellen, war einer der Gründe, weswegen ich mich von ihm getrennt hatte. Die Einschläge kommen näher, hatte Janina gesagt. Ich wälzte mich im Bett hin und her, rauchte noch eine Zigarette am offenen Fenster, überlegte, was ich zu meiner Beruhigung tun könnte und begann schließlich, das Badezimmer zu putzen. Ich wischte das Waschbecken aus, polierte den Wasserhahn, hängte frische Handtücher auf und schrubbte die Toilette. Über mir war es ruhig geworden, auch das Baby meiner Nachbarn schlief, nur in den Heizungsrohren kollerte es noch immer, als rollten Murmeln durch sie hindurch. Schließlich nahm ich mein Bettzeug und trug es ins Kinderzimmer hinüber, um auf der Matratze neben Adrian zu schlafen. Das leise Knarren des Bettchens, wenn er sich von einer Seite auf die andere rollte, sein tiefer, gleichmäßiger Atem und der milchig süße Geruch seiner Haut beruhigten mich.

Ich weiß nicht mehr, was mich geweckt hatte, aber als ich die Augen aufschlug, war mein Sohn aus seinem Bettchen geklettert und saß neben mir auf der Matratze. Sein Schlafanzugpullover war ein wenig hochgerutscht. Über dem Bündchen der blau-weiß gestreiften Hose lugte der Rand seiner Windel hervor, und ich sah, wie sich sein Rückgrat unter der samtigen Haut abzeichnete. Ich schaute zum Fenster, und obwohl das heruntergezogene grüne Rollo kein Licht von draußen hereinließ, glaubte ich, dass es Morgen war und Zeit aufzustehen. Mit dem Handrücken streichelte ich über Adrians Rücken und trippelte, als er nicht reagierte, mit den Fingerspitzen sein Rückgrat hinauf. Ich kitzelte ihn im Nacken. Er rührte sich immer noch nicht. Ich setzte mich auf. »Adrian?«, fragte ich. Ich legte eine Hand auf seine kleine Schulter, beugte mich über ihn und drückte ihm einen Kuss auf das dunkle, duftige Haar. »Adrian?«, flüsterte ich ihm ins Ohr und hörte ihn leise atmen. »Hey«, sagte ich, legte meine Arme um ihn und wollte ihn zu mir auf den Schoß ziehen. Er wurde stocksteif. Ich rutschte von der Matratze und kniete mich vor ihn hin, sein Blick ging an mir vorbei. Vielleicht schlief er noch, träumte mit offenen Augen. Als ich sein Gesicht in die Hände nahm, drehte er den Kopf zur Seite und zeigte zur Tür. »Mama«, sagte er leise. »Guck mal.« Und fügte noch etwas hinzu, das ich nicht gleich verstand. Manchmal zog er mehrere Worte zu einem zusammen, ein ganzer Satz wurde zu einer Lautmalerei. Ich bat ihn, es noch einmal zu wiederholen. »Guck mich an«, sagte ich und spürte eine leichte Beunruhigung in mir aufsteigen, als er nicht reagierte, sondern weiter zur Tür starrte. Plötzlich fuhr er herum und warf sich in meine Arme. Ich hielt ihn fest. Im schwachen Schein des Nachtlichts, das neben dem Kinderbett brannte, schimmerten die silbernen Ziffern und Zeiger meiner Armbanduhr. Es war erst kurz nach drei Uhr morgens. Ich hatte kaum eine Stunde geschlafen.

»Wer ist das, Mama?«, fragte Adrian gegen meine Schulter, diesmal klar und deutlich artikuliert. Es war der längste Satz, den ich ihn je sagen gehört hatte. Ich lachte überrascht auf. »Sag das noch mal«, sagte ich und kitzelte ihn unter der Achsel.

»Wer ist das?«, fragte er und deutete zur Tür hin.

»Da ist niemand«, sagte ich. »Oder meinst du dein Bücherregal? Dein Nachtlicht? Das ist dein Kinderzimmer. Wir sind wieder zu Hause, meinst du das?«

Er schüttelte langsam den Kopf. Ich warf ihn auf den Rücken, drückte meine Lippen auf seinen Bauch und pustete. Er lachte. Nachdem er wieder eingeschlafen war, stand ich leise auf, um seinen ersten langen Satz in dem mit schwarzem Samt eingeschlagenen Büchlein zu notieren, das meine Eltern mir zu Adrians Geburt geschenkt hatten.

Den ganzen Satz hörte ich nicht noch einmal, wohl aber ein einziges Wort: Wer? Wer? Wer?

Nachts wachte ich davon auf, dass Adrian neben mir saß oder mitten im Zimmer stand und auf etwas deutete, das ich nicht richtig benennen konnte. Was ich auch sagte, Bett, Tisch, Lampe, Teddy, Buch, Bild, nichts davon war das, was er meinte. Meine Unfähigkeit, ihn zu verstehen, schien Adrian erst fassungslos zu machen, dann traurig und schließlich wütend. Er warf sich weinend auf den Boden, schlug um sich, suchte dann wieder bei mir Schutz, um sich plötzlich erneut loszureißen und auf etwas zu zeigen, das ich nicht sah. Ich erinnerte mich an die Begegnung mit einem spanischen Schriftsteller, der vor einigen Jahren in Frankfurt am Main, wo ich einen Sommer lang gearbeitet hatte, einen Literaturpreis verliehen bekam. Ich hatte die Aufgabe, ihn und seine Frau vom Flughafen abzuholen, ins Hotel zu begleiten und danach ins Rathaus zu bringen, wo der Festakt stattfinden sollte. Ich hatte sämtliche seiner Romane gelesen, seine frühen Gedichte sowie seine Biographie, die eben erst ins Deutsche übersetzt worden und in einem Frankfurter Verlag erschienen war. Ich glaubte, auf alle Eventualitäten gefasst zu sein, und hatte bei meinen umfangreichen Vorbereitungen doch einen wesentlichen Aspekt übersehen. Der Autor und seine Frau sprachen Spanisch und ein wenig Französisch, aber weder Englisch noch Deutsch, die einzigen Sprachen, die ich beherrsche. Der Nachmittag entwickelte sich von einem Hindernisparcours – angefangen bei meiner Unfähigkeit, das ältere Ehepaar zu begrüßen oder aufzufordern, mir zum Taxistand oder an die Hotelrezeption zu folgen – zu einer Katastrophe. Ich verstand, dass die beiden mit großer Dringlichkeit um etwas baten, wusste aber nicht um was. Er war ein weißhaariger, großer Mann mit einem scharf geschnittenen Aristokratengesicht, sie hatte ein fliehendes Kinn, kirschrot geschminkte, faltige Lippen und pfirsichfarbene Rougebalken auf den hohen, stark ausgeprägten Wangenknochen. Je wilder die beiden gestikulierten, je ungehaltener sie in einer Mischung aus Spanisch und Französisch auf mich einsprachen, desto verzweifelter wurde ich, wand mich in dem weichen, samtbezogenen Sessel, der vor einem künstlichen Kamin in ihrer Hotelsuite stand, und sprang, als die Frau plötzlich zu schreien begann, auf, um uns erst einmal einen Drink zu besorgen. Über das Zimmertelefon bestellte ich eine Flasche Champagner, und wie sich herausstellte, war es genau das, wonach die beiden verlangt hatten. Am Abend, nachdem der Literaturpreis verliehen worden war, trat der spanische Autor ans Mikrophon und bedankte sich für die Erfahrung, die er heute gemacht habe: Dass man sich auch ohne Worte verständigen könne.

Bei meinem Sohn und mir kam es zu keinem solchen Moment der Erleichterung, der wortlosen Verständigung. Eines Nachts fand ich ihn in der Küche, eine Herdplatte war angestellt und glühte schon, entweder hatte ich abends vergessen, sie auszuschalten, oder aber mein Sohn war mitten in der Nacht aufgestanden und hatte an den Knöpfen des Herdes herumgespielt. Beide Möglichkeiten erschreckten mich so, dass ich laut fluchte und Adrians verstörten Blick erst bemerkte, als es schon zu spät war und er zu weinen begann. Ein anderes Mal stand er an der Wohnungstür, trommelte mit den Fäusten dagegen und brüllte: »Weg! Weg!« Ich glaubte, dass er von seinem Vater sprach, dass ihm langsam bewusst wurde, dass wir nicht mehr zusammenlebten und er ihn vermisste. Ich bemühte mich, geduldig und verständnisvoll zu sein, aber der Schlafmangel machte mich immer müder und reizbarer. Ich hatte seit Tagen nichts von Leander gehört, wusste nicht, ob er einen neuen Job hatte und wie es ihm ging. Ich riss ein Foto von ihm aus Adrians Babyalbum, fand einen Rahmen und stellte es neben das Kinderbett. Adrian zog es durch die Gitterstäbe hindurch, drückte es an seine Brust und schlief in fester Umarmung mit seinem Vater ein. Nachdem ich eine Weile gewartet hatte, löste ich das Bild vorsichtig aus seinen Händen und stellte es auf den Nachttisch zurück. Ich hatte Angst, dass das Glas des Rahmens brechen und Adrian verletzen könnte.

Aber auch tagsüber, etwa beim Frühstück, sah mein Sohn auf einmal an mir vorbei zur Tür und fragte mich, wer das sei. Oder er verteidigte den Stuhl, auf dem Leander sonst immer gesessen hatte. »Papas Stuhl«, schrie er und wedelte wild mit den Armen. »Weg da, weg! Das ist Papas Stuhl.«

Dann, eines Tages, kamen wir von der Kita zurück,

es war kurz nach sechzehn Uhr. Ich hatte Adrian die Turnschuhe vor der Wohnungstür ausgezogen und fegte mit den Händen den Sandkastensand zusammen, der aus den Schuhen auf den Boden gerieselt war, als mein Sohn sich neben mir stocksteif aufrichtete und zu lauschen schien. Auch ich hörte es. In der Wohnung lief das Radio, ein Musiksender. Leander hörte eigentlich nur den Deutschlandfunk, trotzdem dachte ich sofort an ihn und schloss die Tür auf. Mein Sohn rührte sich nicht, und als ich ihn an der Hand nahm und über die Schwelle ziehen wollte, wich er zurück. »Da!«, rief er und zerrte an meiner Hand. »Die komische Frau!«

Ich ließ seine Hand los und ging neben ihm in die Hocke. »Was hast du gesagt?«, fragte ich.

Er wiederholte es. »Eine komische Frau?«, fragte ich verwundert. Er nickte.

»Das ist das Radio«, sagte ich und deutete mit dem Kopf in die Wohnung. »Papa hat vergessen, das Radio auszuschalten.« Adrian neigte den Kopf, schien auf die Frauenstimme zu lauschen, die für die nächsten Tage anhaltend gutes Wetter versprach. Dann kam er mit mir herein. Ich stellte das Radio ab und sah mich um. Keine Spur von Leander, nichts deutete darauf hin, dass er hier gewesen war. Wahrscheinlich hatte ich selbst vergessen, das Radio auszustellen.

An diesem Tag war auch ein Artikel von mir in einer

Frauenzeitschrift erschienen, der Bericht über eine Hochzeitsmesse, den ich schon im Januar geschrieben hatte und der jetzt erst gedruckt worden war. Obwohl man mir ein Belegexemplar zuschicken würde, hatte ich mir die Zeitschrift morgens in dem kleinen, von einem vietnamesischen Ehepaar betriebenen Kiosk im Laubenganghaus an der Weberwiese gekauft, war aber noch nicht dazu gekommen, sie zu lesen. Doch als ich mit Adrian in die Küche ging, lag mein Artikel aufgeschlagen in der Mitte des weißen Lacktischs. Einer der drei schwarzen Stühle war zurückgeschoben, als habe dort gerade noch jemand gesessen. Dann nahm ich den verbrannten Geruch alten Kaffees wahr, die Glaskanne in der Maschine knackte, der Schalter leuchtete gelb. Als ich ihn umlegte und die leere Kanne von der heißen Platte nahm, sprang das Glas mit einem trockenen Knacken. Adrian war auf einen der Stühle geklettert und betrachtete die Fotos, die mich lächelnd in ausladenden weißen Kleidern zeigten, mit einem Sektglas zwischen den Besuchern der Hochzeitsmesse und an einem Stand eines Anbieters von Junggesellenabschieden mit blinkenden Teufelshörnern im Haar. Ich warf die Kaffeekanne in den Mülleimer. Im selben Moment klingelte es an der Tür.

»Papa! Papa!«, rief Adrian und fiel vor Aufregung und Freude fast vom Stuhl, als er versuchte, möglichst schnell herunterzuklettern und zur Tür zu kommen. Mein Herz zog sich schmerzhaft zusammen, ich fürchtete die Enttäuschung meines Sohnes, wenn nicht sein Vater, sondern der Paketdienst oder Frau König vor der Tür standen. Im Flur stolperte Adrian dann doch und fiel der Länge nach hin. Ich half ihm auf. Mit Tränen im Gesicht und einem strahlenden Lächeln riss er die Tür auf. Leander trug einen neuen anthrazitfarbenen Anzug, war braungebrannt und wirkte ausgeschlafen. Vor allem letzteres ließ mich fast die Beherrschung verlieren. Aber auch sein breites Lächeln reizte mich. Er hatte mir einen Strauß gelber Rosen und Adrian Gummibärchen gekauft, und unter seinem Arm klemmte eine Tüte des Kaufhauses Lafayette. Als er mir einen Kuss auf die Wange geben wollte, drehte ich den Kopf weg.

»Wo hast du die ganze Zeit gesteckt? Ich habe hundert Mal versucht, dich zu erreichen«, sagte ich.

»Tut mir Leid, ich bin eben erst aus Hamburg zurückgekommen.«

»Geht dein Handy da nicht?«, fragte ich und warf die Blumen ins Küchenspülbecken. »Warst du vorhin schon mal hier?«

»Nein. Wie kommst du darauf?« Sein Blick war auf die Zeitschrift gerichtet, die immer noch aufgeschlagen auf dem Tisch lag.

»Weil irgendjemand hier gewesen ist.«

Jetzt wandte er sich langsam zu mir um und zog die Augenbrauen überrascht in die Höhe. »Ich nicht. Alles in Ordnung mit dir?«

»Alles bestens.«

Er setzte sich auf die Kante des abgerückten Stuhls und riss die Gummibärchentüte für Adrian auf. »Was ist denn das für ein Unsinn?«, fragte er, mit einer leichten Kopfbewegung zur Zeitschrift hin, aber ohne mich dabei anzusehen. »Warum verkaufst du dich so unter Wert?«

Ich wollte mich auf keine Diskussionen mehr einlassen. Die Zeit, in der wir über den Wert von Worten gestritten hatten, war für mich vorbei.

»Warum bist du hier?«, fragte ich und begann, das Abendessen für Adrian vorzubereiten, obwohl es noch viel zu früh dafür war.

»Weil ich bleiben will.« Er klopfte mit dem Knöchel seines Zeigefingers auf den Artikel. »Ich möchte dich heiraten.«

Ich nahm ein neues Päckchen Butter aus dem Gefrierfach und legte es zum Auftauen neben die Rosen ans Spülbecken. Dann sah ich Leander an. Er hob die längliche Papiertüte, die zwischen seinen Füßen gestanden hatte und hielt sie mir hin. Wackelkontakt, Adrian zwischen uns, unser gemeinsames Kind, ich musste mich zur Ruhe zwingen.

»Bitte keine Ringe«, sagte ich. Er grinste und zog dabei beide Wangen zwischen die Backenzähne. »Ich weiß doch, dass du keine Verschwendung magst. Ich wollte erst sicher sein, dass du ja sagst.«

Die Tüte war schwer, darin lag eine Flasche Champagner. Ich gab sie ihm zurück. Er stützte das Kinn in die Hand, den Ellenbogen aufs Knie und sah zu mir auf. »Heißt das nein?«

Ich nickte.

Er stand auf. »Scheiße«, sagte er, ließ sich wieder auf den Stuhl zurückfallen und vergrub das Gesicht in den Händen.

In dieser Nacht schlief ich so tief und fest wie schon lange nicht mehr, und als ich am nächsten Morgen erwachte, hatte ich das Gefühl, von etwas Schönem geträumt zu haben. Ich lag quer über dem Doppelbett ausgestreckt in einem Wust aus Kissen und Decken. Leanders Heiratsantrag war zu spät gekommen. Dreimal hatte ich ihn gefragt, und er hatte abgelehnt. Altmodisch, reaktionär, unnötig, Liebe müsse man nicht amtlich machen. Wahrscheinlich hatte er Recht gehabt. Das ›zu spät‹ war wie eine Tür, die ins Schloss fiel und mich zwang, eine neue Richtung einzuschlagen. Ich fühlte mich auf eine wenig konkrete Weise dazu bereit. Ich hatte keinen Plan, ich konnte mir nicht richtig vorstellen, was nun folgen würde oder was ich mir für die Zukunft wünschte. Janina und meine Mutter sprachen schon von neuen Ufern, zu denen ich aufbrechen würde, überlegten, wie ich mich beruflich verändern oder weiterentwickeln könnte, spekulierten über einen neuen Mann an meiner Seite und die Eigenschaften, die er haben sollte. Sicher bekommst du noch ein zweites Kind, hast du dir nicht immer viele Kinder gewünscht? Für mich waren diese Gespräche, als schwärmte mir jemand von einem fernen Land vor, das er bereist hatte und dessen Landschaft, Lebensart und Architektur ich mir nicht vorstellen konnte. Ich spürte die Aufregung, die Begeisterung und Erwartung des anderen, ich hörte genau zu, aber das Bild, das ich mir von diesem fremden Land machte, war nur aus Teilen zusammengesetzt, die mir alle bekannt und vertraut waren, es kam nichts Neues dazu, das mich hätte reizen können. Ich wollte nicht zu neuen Ufern aufbrechen, am liebsten wäre ich einfach in meinem Bett liegen geblieben, aber nicht aus Melancholie oder Erschöpfung, sondern weil ich mich wohl fühlte, ruhig und glücklich. Durch das geöffnete Oberlicht wehten Pollen, faustgroße, durchscheinende Flocken, die sich auf den Boden und den Schreibtisch am Fenster legten. Es sah aus, als hätte es in der Wohnung geschneit. Das Haus schwieg, aber von draußen drangen Stimmen zu mir herein. Eine

Frau rief nach ihrem Hund, ein Kinderstimme berichtete aufgeregt von etwas, das ich nicht verstand, Fahrräder rollten über die Kieswege, kleine Steine prasselten gegen die Schutzbleche, eine Autotür schlug zu, und einen Augenblick später wurde der Motor angelassen. Ich stand auf. Im Flur stolperte ich beinahe über Adrian, der zusammengerollt an der Wohnungstür lag, seinen Stofffrosch mit beiden Armen umschlungen. Ich setzte mich neben ihn auf den Boden und betrachtete sein friedliches Buddhagesicht, das seidige Haar, das ihm in die Stirn fiel, die leicht geöffneten Lippen. Als ich mit dem Finger über seine Wange strich, schlug er die Augen auf und krabbelte auf meinen Schoß.

»Was machst du hier? Warum schläfst du im Flur?«, murmelte ich. »War die komische Frau wieder da?« Ich kicherte, als er gegen meine Brust nickte. »Was will sie von uns?« Ich nahm sein Gesicht zwischen die Hände und küsste ihn auf die Stirn.

»Weiß nicht«, sagte er.

»Ist sie jetzt da?«

Er schüttelte den Kopf.

»Dann suchen wir sie.« Ich nahm ihn an die Hand. Nach einem kurzen Zögern folgte er mir von Zimmer zu Zimmer. Die Dielen unter dem PVC-Boden knarrten, die Pollen schwebten in weißen Wolken durch die Luft, zwischen den Bilderrahmen auf den Fensterbänken waren sie zu kleinen Wällen zusammengeweht, bedeckten die Bücher, klebten auf dem Kordbezug meines Sessels und lagen in Adrians Bett, und ich dachte, dass es so nicht wie Schnee aussah, sondern wie Staub, der sich über Jahrzehnte angesammelt hatte. In der Wohnung unter mir wurden die Rollläden hochgezogen, über uns drehte jemand das Wasser in der Dusche an. Und wahrscheinlich waren auch unsere Schritte zu hören, drang meine Stimme murmelnd durch die Wände hindurch. »Ist sie hier?«, fragte ich. »Kannst du sie sehen?« Adrian schüttelte den Kopf. Wir öffneten die Schränke, sahen in der Abstellkammer, unter dem Sofa und den Betten nach, Adrian gefiel unser Spiel, er begann sogar, nach der komischen Frau zu rufen und sprang vergnügt durch den Flur, als wir plötzlich ein lautes Knarren aus dem Schlafzimmer hörten. Adrian blieb stehen. Sein Gesicht verfinsterte sich und er streckte ängstlich seine Hand nach mir aus. Ich nahm ihn auf den Arm, trug ihn ans Schlafzimmerfenster und zeigte hinaus in den Park. »Schau«, sagte ich. »Da hinten geht die komische Frau. Ich habe sie weggeschickt, sie kommt nicht mehr wieder.«

Adrian presste sein Gesicht fest gegen die Scheibe, sein kleiner Nacken spannte sich an, so angestrengt hielt er nach der komischen Frau Ausschau. »Wo?«, fragte er.

»Da«, sagte ich und deutete in das dichte Grün des kleinen Parks, in dem sich die lichtgesprenkelten Wege verliefen. Hinter mir knackte Leanders alter Kleiderschrank, Adrian zuckte zusammen. »Das war nur Papas Schrank«, sagte ich. Er fuhr herum, als die Tür aufsprang. »Das Schloss ist kaputt«, sagte ich, hob ihn vom Fensterbrett, führte seine kleine Hand vorsichtig an den abgestoßenen, messingfarbenen Riegel und über das splitterige Holz der Schranktür. Dann schloss ich sie wieder.

»Die komische Frau ist nicht weg«, sagte Adrian, und ich notierte den Satz lächelnd in sein schwarzes Büchlein.

Wenn Adrian und ich die Wohnung verließen – er trug seinen kleinen roten Rucksack über der Schulter und hielt seinen Stofffrosch im Arm, ich hatte in einer Hand den Windeleimer, in der anderen einen Plastikbeutel mit Küchenabfällen –, kam Herr Kaltental von gegenüber aus seiner Wohnung und inspizierte das Fahrrad seiner Frau, das an die Wand gelehnt neben dem Fahrstuhl stand. Ich schätzte ihn auf Mitte sechzig, er hatte graues, zur Seite gescheiteltes Haar, graue Augen, schmale Lippen und ein glattrasiertes Gesicht, das er mit viel Rasierwasser pflegte. Der kühle Duft wehte mir über die Galerie entgegen. Während ich oft noch nicht einmal geduscht war, wenn ich Adrian zu Kita brachte, strahlte Herr Kaltental die nüchterne Effizienz eines Mannes aus, der es gewohnt ist, früh aufzustehen und die Uhr nicht nur am Handgelenk trägt, sondern auch im Kopf. Er ignorierte uns, bis wir direkt neben ihm standen. Seine Finger glitten routiniert über die Speichen und den Rahmen des Fahrrads. Wenn ich den Fahrstuhl rief, sah er kurz auf und begrüßte uns mit einem knappen Nicken. Im vergangenen Winter war das Fahrrad seiner Frau aus dem Hausflur gestohlen worden, wochenlang hatte ein handgeschriebener Zettel mit der Aufforderung, es zurückzubringen, an den Briefkästen geklebt, und wenn ich Herrn Kaltental morgens traf, hatte ich immer das Gefühl, dass er mich im Verdacht hatte, das Fahrrad gestohlen zu haben. Eine derartige Dreistigkeit habe sich in diesem Haus vorher noch nie ereignet, hatte auf dem Zettel gestanden, und die Empörung, die daraus sprach, wurde von drei zackigen Ausrufezeichen verstärkt. Bis auf die Tatsache, dass er jeden Morgen, wenn ich aus der Tür kam, erschien, um das Fahrrad zu bewachen, hatte ich keinen Anhaltspunkt für meine Vermutung, so wie er, abgesehen von der Tatsache, das wir die einzigen ›Neuen‹ im Haus waren, keinen Grund haben konnte, mich zu verdächtigen. Ich war seit Jahren nicht mehr Fahrrad gefahren, und manchmal überlegte ich, ihm das zu sagen, fürchtete aber, dass allein die Tatsache, dass ich auf den Diebstahl zu sprechen kam, von ihm als Schuldbekenntnis gewertet werden könnte. Eine Zeit lang hatte ich versucht, die Begegnung mit ihm zu vermeiden, war zu unterschiedlichen Zeiten mit Adrian losgegangen, aber Herr Kaltental war jedes Mal da gewesen. Seine Frau sah ich dagegen so gut wie nie. Sie war wie ein Schatten. Sprach man sie an, reagierte sie nicht oder so zeitverzögert, dass ich vermutete, dass sie schlecht hörte. Dabei schien sie deutlich jünger als ihr Mann zu sein, ich schätzte sie auf Anfang fünfzig.

Wenn die Fahrstuhltüren sich öffneten, zuckte ich zusammen, obwohl ich mittlerweile wusste, dass wir die Kabine jeden Morgen mit Frau Korzinka teilten. Ihr Vogelköpfchen schoss aus dem Fahrstuhl heraus, nickte Herrn Kaltental zu, und da sie für die Begrüßung keinen Schritt vorwärts ging, so als fürchtete sie, ihren Platz zu verlieren, musste sie sich immer ein Stückchen vorbeugen, wodurch ihr türkisfarbener Morgenmantel über der Brust verrutschte. Wenn sie sich wieder aufrichtete, rückte sie ihren Ausschnitt zurecht, zog den Frotteegürtel straff und warf Adrian und mir einen Blick zu, als hätten wir an ihr herumgezupft. Vor den Briefkästen traf sie auf den alten Herrn Wiesheu, der sein *Neues Deutschland* herausnahm und ordentlich in den Korb seines Gehwagens legte. Mein

Angebot, ihm die zwei Stufen zum Fahrstuhl hinaufzuhelfen, lehnte er jedes Mal dankend ab: »Det schaff ick noch alleene.« Manchmal bestand er darauf, dass ich Müllsack und Windeleimer an seinen Gehwagen hängte, und begleitete uns zu den Abfalltonnen hinter dem Haus. Dann kam Adrian zu spät in die Kita, aber das machte nichts. Herr Wiesheu war schon seit Jahren verwitwet und litt seit dem Tod seiner Frau an einem Krebs, den er nicht genauer definierte, der ihn aber regelmäßig ins Krankenhaus zwang. Er kannte die Leiden und Krankheiten aller Nachbarn, aller Bewohner im ›Haus der Versehrten‹, wie er es scherzhaft nannte, und zählte sie mir gerne auf, um sicherzustellen, dass ich mich an meiner Jugend hinreichend freute. Einmal, als wir hinter dem Haus standen und er gerade die Gittertür zu den Mülltonnen wieder abschloss, gingen Herr Kaltental und seine Frau an uns vorbei. Herr Wiesheu ließ den Schlüssel im Schloss stecken, stützte sich mit einer Hand auf dem Gehwagen ab und winkte den beiden mit der anderen zu. »Guten Morgen, Herr Nachbar! Guten Morgen, Frau Kaltental!« Seine Stimme klang freundlich wie eh und je, aber sein längliches Gesicht hatte einen harten, fast kalten Ausdruck angenommen. Was auch Adrian bemerkt zu haben schien, denn er hörte von einem Moment auf den anderen auf, fröhlich zwischen uns herumzuspringen und wollte auf meinen Arm. Herr Kaltental erwiderte den Gruß, indem er die Hand hob, drehte sich jedoch nicht nach uns um. Mit hocherhobenem Kopf und gestrafften Schultern schritt er die niedrigen Kopfsteinpflasterstufen zum Park hinauf. Seine Frau huschte hinter ihm her. Herr Wiesheu hatte die Hand immer noch zum Gruß erhoben, als er sie jetzt sinken ließ und auf den Gehwagen legte, zitterte sie. Unter dem Schnauzbart waren seine Lippen zu einem schmalen Strich zusammengepresst. »Eine treue Hündin«, flüsterte er. »Nur hört sie immer noch nicht auf ihren Namen.« Ich brauchte einen Moment, bis ich begriff, dass er von Frau Kaltental sprach. Adrian umklammerte meinen Hals. Herr Wiesheu wandte sich zum Gehen. »Ihr Schlüssel«, sagte ich, zog ihn aus dem Schloss der Gittertür und reichte ihn dem alten Mann. Er bedeutete mir mit einer Kopfbewegung, ihn in den Korb des Gehwagens fallen zu lassen. Dann lächelte er Adrian an. »Die beiden haben dich doch nicht etwa erschreckt?«, fragte er meinen Sohn freundlich. »Die können dir nichts, keine Angst.« Er kramte ein Eukalyptusbonbon zwischen Schlüsselbund, Zeitung und Plastiktüten hervor und schenkte es Adrian.

Die eigentliche Seele des Hauses, Frau König, die im obersten Stockwerk in der nach Südwesten ausgerichteten Sonnenwohnung wohnte und von dort einen herrlichen Ausblick genoss, den Kopf, wie Herr Wiesheu sie nannte, sah ich nur, wenn sie mich sehen wollte. An manchen Tagen liefen wir einander ständig über den Weg, trafen uns, wenn ich das Haus verließ, wenn ich wiederkam, bei den Briefkästen, den Mülltonnen, in der Drogerie und im Supermarkt, manchmal klingelte sie auch bei mir und brachte in Essig und Öl eingelegtes Gemüse aus ihrem Garten oder Fotos, die sie von unserem Haus und dem Park dahinter gemacht hatte. Die Löwestraße im Schnee, die Löwestraße bei Nacht, die Löwestraße im Frühling – vor dem Haus wuchs eine japanische Kirsche, die drei Tage lang herrliche Blüten trug, im April 1978 waren es sogar vier Tage gewesen, im Jahr darauf hatte sie überhaupt nicht geblüht, sich im folgenden Frühjahr aber wieder erholt – die Löwestraße bei Sonnenaufgang. Frau König war eine leidenschaftliche Fotografin, die auch von Leander, Adrian und mir Bilder gemacht und in eines ihrer zahlreichen Hausbücher geklebt hatte. Davon musste sie an die achtzig Bände haben. Einige sahen wie Fotoalben aus, andere aber waren hochoffiziell gewesen, eher Heftchen als Bücher, mit Hammer und Sichel, vorgedruckten, ordentlich ausgefüllten Spalten und einer Wertmarke mit dem Preis: Eine Mark. In ihnen waren die Namen, Geburtsdaten und Berufe sämtlicher Mieter seit 1954 vermerkt sowie alle Besucher, die länger als drei Tage geblieben waren, und natürlich jeder West-Besuch. Die Hausbücher waren zu DDR-Zeiten Pflicht gewesen und konnten jederzeit von der Stasi oder der Volkspolizei überprüft werden. Bis zur Wende war Frau König Hausvertrauensmann gewesen. Ich wunderte mich immer, dass sie ›Mann‹ und nicht ›Frau‹ sagte. In den inoffiziellen Büchern wurden Renovierungsarbeiten, die Anschaffung neuer Möbel, die Jahreszeiten, Geburtstagsfeiern aller Nachbarn, der Leichenschmaus nach Frau Wiesheus Beisetzung, das alljährliche Kaffeetrinken anlässlich des Weltfrauentages in Frau Königs Wohnstube sowie Jugendweihen und Wertstoff-Sammelaktionen dokumentiert. Regelmäßig bat Frau König mich zu sich hinauf, damit ich in den Büchern blätterte und von ihrem selbstgebackenen Kuchen kostete. Wenn ich aber bei Frau König klingelte, um mich für etwas zu bedanken, was sie mir in einer Plastiktüte an die Tür gehängt hatte, war sie nie da. Manchmal sah ich sie wochenlang nicht, bis sie plötzlich wieder überall dort auftauchte, wo ich war.

Wenn ich Adrian in die Kita gebracht hatte, arbeitete ich, meistens von zu Hause aus, telefonierte, versuchte Aufträge zu bekommen oder schrieb eine meiner wöchentlichen Glossen für eine Tageszeitung. Aber die Einschläge kamen wirklich näher. Redakteure, mit denen ich jahrelang zusammengearbeitet hatte, verschwanden plötzlich, waren weder per Mail noch telefonisch zu erreichen, bis ich von ihnen eine knappe Nachricht erhielt, die dem Inhalt nach immer gleich war: Bin nicht mehr bei dieser oder jener Zeitschrift, sondern auf der Suche nach neuen Herausforderungen. Freue mich, dir bald mehr davon zu berichten. Danach hörte ich nichts mehr. Der Kontakt brach ab. Ganze Zeitschriften verschwanden vom Markt, die Zeitungen arbeiteten mit ihren festen Mitarbeitern und vergaben nur noch zögerlich Aufträge an Freie wie mich. Ich machte mir trotzdem keine Sorgen. Die Krise war eine Krise auf Zeit, ich glaubte an keine ernsthafte Veränderung oder Erschütterung und dachte an meinen Vater, der immer gern Konrad Adenauer zitierte: Die Lage war noch nie so ernst. Angeblich hatte der ehemalige Bundeskanzler dies immer und überall und zu allen Gelegenheiten verkündet. Ich beschloss, meine Kontoauszüge eine Weile lang zu ignorieren und wartete ab. Wenn ich Adrian aus der Kita abholte, gingen wir einkaufen, auf den Spielplatz, ich badete Adrian, machte Abendessen, brachte ihn zu Bett. Mein Kontakt zu Erwachsenen blieb weitgehend auf die täglichen Telefonate mit meinen Eltern und lose Bekanntschaften mit anderen Eltern, die ich auf dem Spielplatz traf, beschränkt. Ich hatte keine Familie in Berlin und die meisten meiner Freunde waren kinderlos, trafen sich abends oder am Wochenende, wenn Adrian schon schlief oder ich andere Pläne mit ihm hatte. Er konnte Stunden im Park oder auf einem Spielplatz verbringen. Sein Entdeckergeist und die Leichtigkeit, mit der er Kontakt zu anderen Kindern aufnahm und sich auf neue Situationen einstellte, gefielen mir, es waren Eigenschaften, die er von seinem Vater und nicht von mir geerbt hatte und die ihm im Leben, so glaubte ich, nützlich sein würden. Ich notierte viel in das schwarze Büchlein: Heute bist du zum ersten Mal barfuß die Rutsche hinaufgelaufen, im Klettern bist du sehr geschickt, du kannst fast alle Farben richtig benennen, dein Namensgedächtnis ist phänomenal. Tatsächlich kannte Adrian die Namen fast aller Kinder und Mütter, die wir täglich trafen und die ich regelmäßig wieder vergaß. Was mir aber am meisten gefiel, waren Adrians Phantasiespiele. Wenn er mit seinem Rucksack vom Wohn- ins Schlafzimmer ging und tat, als würde er Bananen und Äpfel einkaufen, wenn er mir Obst auf einem imaginären Teller servierte oder in Wasser, das nur er spürte und sah, seine Hände oder seine Spielzeugautos abwusch. Im Grunde genommen ordnete ich die ›komische Frau‹ auch dieser Phantasiewelt zu, der wachsenden Vorstellungskraft, die nicht mehr nur das umfasste, was ihn unmittelbar umgab, sondern

Bekanntes auch zu neuen und eigenen Bildern und Welten zusammenfügte. Die Erzieherin, die ich darauf ansprach, glaubte, dass mein Sohn auf diese Weise die Trennung seiner Eltern verarbeitete. Auch wenn es in der Regel erst bei etwas älteren Kindern vorkomme, sagte sie, sei es doch insgesamt nicht ungewöhnlich, dass ein Kind sich einen imaginären Begleiter, eine heimliche Freundin ausdenke. Die Erzieherin versprach mir, darauf zu achten, ob Adrian auch in der Kita von der ›komischen Frau‹ erzählte, meinte aber, ich solle mir keine allzu großen Sorgen machen. Mein Sohn verhalte sich vollkommen normal und mache auf sie keinen verstörten oder gar von der Trennung traumatisierten Eindruck. Trotzdem blieb eine leichte Beunruhigung. Dass mein Sohn sich einen heimlichen Freund ausdachte, konnte ich nachvollziehen. Ich selber hatte mir als Kind ganze Phantasiewelten mit eigenem Bauernhof, Pferden und Abenteuern, die ich mit Freunden bestand, zusammengesponnen. Meine Spinnereien waren später sogar zu meinem Beruf geworden. Dass Adrian Phantasie bewies, störte mich also nicht, im Gegenteil, ich entdeckte mich in ihm wieder. Was mir aber Sorgen bereitete, war, dass die ›komische Frau‹ ihn zu ängstigen schien. Für mich waren Phantasiewelten immer eine Zuflucht und keine Bedrohung gewesen. Er aber erstarrte beim Anblick der ›komischen Frau‹.

Meine Freundin Janina zerstreute auch diese Bedenken, als sie an einem Nachmittag bei mir zu Besuch war. Sie hatte ein Vorstellungsgespräch in Berlin gehabt, am nächsten Morgen sollte ein weiteres in München folgen, weswegen sie nicht wie geplant bei uns übernachten wollte, sondern schon abends wieder abreiste. Wir saßen auf wackeligen Bistrostühlen vor dem Café Ehrenburg, die Sonne war weitergewandert und im Schatten wurde es rasch kühl. Ich fröstelte und rief Adrian, der auf dem sandigen Weg zwischen den dunklen Stämmen der Linden nach Käfern und Ameisen suchte, um den Reißverschluss seiner Jacke zu schließen. Als er wieder davonrannte, sagte Janina, dass sie sich als Kind die schrecklichsten Sachen ausgedacht habe.

»Hattest du etwa nie ein Monster unter dem Bett?«, fragte sie. »Oder ein Gespenst auf dem Dachboden? Eine Zeitlang hatte ich furchtbare Angst, auf die Toilette zu gehen, weil ich sicher war, dass sich im Abflussrohr eine Schlange versteckte, die nur darauf lauerte, mich in den Po zu beißen.«

Sie lachte, und die Anspannung, die sich wie eine graue Maske über ihr Gesicht gelegt hatte, als sie mir von ihrer Arbeitssuche und den verschiedenen Gängen zum Arbeitsamt erzählt hatte, fiel plötzlich ab. »Lass ihm doch die komische Frau«, sagte sie. »Oder glaubst du, dass ein Geist bei euch wohnt? Das Gespenst einer uralten Kommunistin, die es nicht erträgt, dass du für die kapitalistisch-faschistische Presse schreibst?«

Ich lachte, und sie beugte sich über den Tisch zu mir. »Ich habe deinen Hochzeitsmesse-Artikel gelesen. So ein Kleid ist wie für dich gemacht, meine Hübsche. Ich hoffe, dich irgendwann einmal darin zu sehen, und dann werde ich Trauzeugin sein.«

»Umgekehrt gilt das Gleiche.«

»Darauf stoßen wir an«, sagte Janina, ging ins Café und bestellte zwei Gläser Sekt an der Theke. Als sie damit zurückkam, sagte sie: »Das ist nur der Anfang. Im Sommer werden wir beide dreißig, wenn wir mit fünfunddreißig noch nicht unter der Haube sind, gebe ich uns so viel Sekt und Champagner aus, bis wir blau sind und alle unsere Sorgen vergessen.«

»Blau, blau, blau!«, rief Adrian begeistert, und ich fragte Janina augenzwinkernd, ob sie wirklich noch so lange warten wolle. »Na ja«, sagte sie. »Ein bisschen Zeit brauche ich schon noch. Beruflich, meine ich. Es sieht nicht aus, als würde ich so schnell wieder Arbeit finden. Es ist schwer.« Sie sah an der Fassade des Hauses hinter uns hinauf, an den Säulen, den trutzigen Balkonen und den hohen Fenstern. »Da kann man plötzlich verstehen, dass manche hier immer noch der DDR nachtrauern, oder? Was nutzt ein frisch saniertes Haus, wenn du kein Geld für die Miete hast.«

»Bis jetzt ist noch keiner von uns auf der Straße gelandet«, sagte ich mit fester Stimme. »Und wird es auch nicht.«

»Darauf stoßen wir an.« Ihr Glas war fast leer.

Erst als ich sie die Unterführung zur U-Bahn hinuntergehen sah, merkte ich, wie sehr ich mir gewünscht hätte, dass sie über Nacht blieb. Ich ging mit Adrian quer über die Wiese, die zwischen der Karl-Marx-Allee und der Löwestraße lag. Der Geruch von frisch gemähtem Gras mischte sich mit den Abgasen der Autos, die in einiger Entfernung von uns stadtauswärts über die Allee donnerten, und dem Duft von Lavendel und Rosen. Zu Hause bereitete ich das Abendessen für uns vor, Adrian stellte die Teller hin und verteilte das Besteck kreuz und quer über den Tisch. Als es an der Tür klingelte, sah er mich überrascht an. Ich hob die Schultern.

»Wer?«, fragte er und fügte mit großen Augen hinzu: »Papa?« Seit seinem Heiratsantrag hatte er sich nicht mehr bei uns gemeldet. »Keine Ahnung. Sehen wir nach«, sagte ich und spürte die leise Hoffnung in mir, dass Janina es sich anders überlegt hatte und zurückgekommen war. Es war ein junger Mann mit Pferdeschwanz und einer tätowierten Schlange auf dem linken Oberarm. Er streckte mir die Hand entgegen, ich nahm sie reflexartig, sein Händedruck war trocken und angenehm fest. »Ronny«, sagte er und wollte an mir vorbei in die Wohnung. Ich fasste nach dem Türrahmen und versperrte ihm mit meinem Arm die Tür. Er zuckte zurück und sah erstaunt aus. »Sind wir nicht verabredet?«, fragte er. »Meinecke?«

Anja und Tim Meinecke wohnten im dritten Stock. Oft wurde ich nachts vom Weinen ihres kleinen Sohnes geweckt und schlief erst wieder ein, wenn ich sicher war, nicht Adrian gehört zu haben. Ich deutete mit dem Daumen über mich. Ronny zog die Schultern hoch und schob den Kopf wie eine Schildkröte vor. Die gespielte Demut stand ihm gut. »Da hab ich mich wohl in der Tür geirrt.«

Ich nickte, und als ich ihm nachsah, wie er schwungvoll Treppen hinauflief, dachte ich, dass er leider zu jung für mich war.

Die komische Frau wurde zu einer ständigen Begleiterin. Außerhalb der Wohnung sah Adrian sie nicht, aber sobald wir nach Hause kamen, dauerte es in der Regel keine fünf Minuten, bis er von ihr zu sprechen begann. Manchmal konnte ich schon vorher an seinem Gesicht ablesen, dass es gleich wieder so weit sein würde, meistens aber tauchte sie für mich völlig überraschend auf, platzte mitten in unser Spiel, ins Vorlesen oder eine Unterhaltung hinein. Da ich seine Phantasie nicht bestärken wollte, fragte ich nicht nach ihr, versuchte nicht zu erfahren, wie sie aussah oder ob sie etwas sagte, auch wenn ich manchmal neugierig war. Aber selbst wenn ich gefragt hätte, wäre Adrian wohl kaum in der Lage gewesen, sie mir zu beschreiben. Begriffe wie alt oder jung, dunkelhaarig oder blond, dick oder dünn sagten ihm noch nicht viel, geschweige denn, dass er sie selbst verwendete. Ich beschränkte mich darauf, das Spiel nicht ausufern zu lassen, der komischen Frau so wenig Raum wie möglich zu geben, und forderte sie, wenn Adrian sie entdeckte, mit fester Stimme auf, sofort zu gehen und uns in Ruhe zu lassen. Adrian nickte dann, imitierte mein ernstes Gesicht und wedelte mit der Hand, um die komische Frau wie ein lästiges Insekt zu verscheuchen. Tagsüber kamen wir so ganz gut zurecht, aber nachts raubte sie uns den Schlaf, und selbst wenn es mir gelang, Adrian wieder zu Bett zu bringen, hatte ich immer größere Schwierigkeiten, danach selbst noch einmal einzuschlafen. Ich lag stundenlang wach, horchte nach Adrian, grübelte über Leander und mich nach oder stand auf, um mitten in der Nacht an einem Artikel weiterzuschreiben. Manchmal fielen mir auch Dinge ein, die Leander und ich zusammen erlebt hatten, Szenen aus Urlauben, Abende, die wir mit Bekannten rauchend, trinkend und diskutierend in unserer engen Hamburger Küche verbracht hatten, einzelne Bilder und ganze Sequenzen, so klar und deutlich, dass ich das Gefühl hatte, danach greifen zu können. Eine Szene kehrte immer wieder. Auf der Stufe vor einer Haustür saß Leander neben einem schwarzhaarigen Mädchen. Wir waren tanzen gewesen, auf dem Nachhauseweg hatte er auf einmal etwas gehört. Da weint jemand, sagte er. Ich hatte es nicht gehört, war müde und wollte weiter. Über den Dächern lichtete sich die Nacht, aber durch die schmale Straße zog eine kühle, muffige Dunkelheit, in die sich immer wieder der Gestank von Urin und Erbrochenem mischte. Leander schüttelte den Kopf. Es klingt verzweifelt, sagte er. Wahrscheinlich nur ein gebrochenes Herz, aber lass uns lieber nachsehen. Das Mädchen war vielleicht sechzehn, vollkommen betrunken und von ihrer ersten großen Liebe verlassen worden. Obwohl sie in einem See von Erbrochenem hockte, setzte Leander sich zu ihr, und nach wenigen Worten lehnte sie ihren Kopf an seine Schulter und schlief ein. Eine Tür schlug krachend ins Schloss. Das Bild von Leander und dem Mädchen ging nahtlos in ein Bild von mir selbst über. Ich lag auf dem Bett und hörte, wie Leander durchs Treppenhaus davonstürmte. Es war unser letzter großer Streit gewesen.

Ich vermisste Leander nicht, zumindest nicht auf die Weise, dass ich ihn mir zurückwünschte, aber ich begann die Lücken zu spüren, die er hinterlassen hatte. Bis jetzt hatte ich vor allem die Probleme gesehen, die wir miteinander gehabt hatten, nun kehrte langsam die Erinnerung an eine Zeit zurück, in der es eine Liebe gegeben hatte, die ich so – davon war ich überzeugt – nie wieder empfinden würde.

Der Schlafmangel machte mich unkonzentriert, ich war oft nicht sicher, ob ich die Herdplatte ausgeschaltet hatte oder nicht. Hatte ich das Auto wirklich abgeschlossen? Den Hausschlüssel dabei? Den Müll schon rausgebracht? Selbst mit den Uhrzeiten kam ich durcheinander. Einmal holte ich Adrian eine Stunde zu früh aus der Kita ab, ein anderes Mal sah ich von meiner Arbeit auf und musste erschrocken feststellen, dass ich schon zehn Minuten zu spät war. Eines Nachts wurde ich davon geweckt, dass meine Haut spannte und mein Mund ausgedörrt war. Meine Wangen schienen zu glühen, und ich glaubte, Fieber zu haben, bis mir auffiel, dass mein Schlafzimmer so heiß war, dass ich kaum atmen konnte. Ich stand auf und fand alle Heizungen in der Wohnung voll aufgedreht, konnte mich aber nicht erinnern, sie eingeschaltet zu haben.

Meinen eigenen Fehlleistungen, wie ich sie zu nennen begonnen hatte, wirkte ich mit Erinnerungslisten, Merkzetteln und einer gesteigerten Selbstkontrolle entgegen. Bevor ich die Wohnung verließ oder schlafen ging, überprüfte ich dreimal, ob ich den Herd wirklich ausgeschaltet, die Fenster geschlossen und alle Lichter gelöscht hatte, ob die Wohnungstür verriegelt war und ob ich nicht doch wieder versehentlich die Kaffeemaschine, die ich schon abends für das Frühstück mit Wasser und Pulver füllte, eingeschaltet hatte, so dass sie die ganze Nacht über lief. Immer wieder erwiesen sich meine Vorsichtsmaßnahmen als begründet, regelmäßig entdeckte ich einen Fehler, der mir unterlaufen war, und verhinderte das eine oder andere Unglück. Meine offensichtliche Zerstreutheit machte mich nervös, aber ich hatte das Gefühl, ihre Folgen durch erhöhte Wachsamkeit eindämmen zu können. Das änderte sich am Morgen des ersten Mai. Adrian wachte früh auf und war nicht dazu zu bewegen, noch einmal ins Bett zu gehen. Um sieben Uhr hatten wir gefrühstückt und gespült, hatten die Wäsche vom Vortag abgenommen und weggeräumt und eine neue Waschmaschine angestellt. Bei allem war die komische Frau zugegen gewesen. Als ich mit dem Rücken zum Frühstückstisch stand und den Milchkarton aus dem Kühlschrank holte, warf sie den Orangensaft um. Adrian hatte die Arme vor der Brust verschränkt und starrte auf die sich ausbreitende Lache, die die Teller und Marmeladengläser umfloss, auf meinen Stuhl und den Boden tropfte.

»War ich nicht«, sagte Adrian. »War die komische Frau.«

Ich bemühte mich um ein Lächeln. Die Augen brannten mir vor Müdigkeit, ein leichtes Pochen hinter der Stirn kündigte Kopfschmerzen an. »Wo ist sie?«

Er zeigte auf den Fußboden oder die Waschmaschine. »Da«, sagte er.

Ich wedelte sie mit einer Hand weg, während ich mit der anderen einen Lappen in den Orangensaft drückte.

Als ich duschen gehen wollte, klammerte sich Adrian brüllend an meine Beine. Die komische Frau habe ihn geschubst und sei ihm auf den Fuß getreten. Ich riss die Wohnungstür auf, machte eine eindeutige Handbewegung und warf sie hinaus. Offensichtlich mit Erfolg, denn Adrian schien zufrieden, holte seine Autos und begann im Flur zu spielen. Während ich duschte, hatte ich ihn ständig im Blick, weil er sich nicht aus meinem Blickfeld bewegte. Immer wieder sah er auf, als kontrollierte er, ob ich noch da war. Normalerweise störte mich das nicht, im Gegenteil: Dass allein meine Anwesenheit ihm so viel Sicherheit und Geborgenheit zu geben schien, rührte mich. Aber an diesem Morgen waren meine Muttergefühle schon ziemlich erschöpft, und ich sehnte mich danach, einfach wieder ins Bett gehen oder wenigstens in Ruhe duschen zu können. Adrians Spielzeugautos klackerten gegen die Teppichleisten und die Wohnungstür. In der Küche sog die Waschmaschine gurgelnd Wasser an. Ich versuchte, die Müdigkeit abzuschütteln und mich zu entspannen. Am Nachmittag wollte Leander kommen und mit Adrian auf den Spielplatz gehen, dann würde ich ein heißes Bad nehmen oder mich mit einem Buch ins Bett legen. Als das Telefon klingelte, schlüpfte ich in meinen Bademantel, ging in den Flur und nahm ab. Es war Leander, der unsere Verabredung absagte. Er war auf dem Weg nach Hamburg, es sei sehr wichtig.

»Du bist arbeitslos«, sagte ich giftig. »Was ist so wichtig, dass du deinen Sohn versetzen musst?«

»Deswegen ja«, sagte Leander. »Ich tue das nur für euch oder – wenn du wirklich auf eine Trennung bestehst – dann zumindest für Adrian.«

»Er hat nichts von dir, wenn du dich nicht sehen lässt.«

»Ich komme, sobald ich kann. Aber jetzt muss ich los, in Hamburg könnte sich etwas ergeben. Schimpf doch nicht, sondern drück mir lieber die Daumen.«

»Ja, ja, viel Glück.« Ich legte auf. Es war auf einmal sehr still. Der Flur lag in einem gefleckt schattigen Licht, das durch die Fenster im Wohnzimmer und in der Küche hereinfiel. Nur am Morgen hatten wir direktes Sonnenlicht, den Rest des Tages lag die Wohnung in einem kühlen Zwielicht. Aber dadurch, dass sie auf einen kleinen Park hinausging und das wogende Grün der Bäume die Sonne zu reflektieren und durch die Fenster zu werfen schien, wirkte die Wohnung trotzdem nie wirklich dunkel. Am Ende des Flurs lag ein rotes Matchbox-Auto, ein schnittiger Sportwagen, der sich schaukelnd auf die schmale weiße Tür der Abstellkammer zubewegte. Dass das Auto schwamm, wurde mir in dem Moment klar, in dem ich die glitschige Kälte an den Füßen spürte. Ich fuhr herum und sah meinen Sohn vor der Waschmaschine stehen. Irgendwie hatte er es geschafft, das Bullauge aufzuziehen. Das Wasser floss schon nicht mehr aus der Trommel heraus, sondern tropfte nur noch. Adrian stand bis zu den Knöcheln in Schaum und Wasser. Mein Magen krampfte sich vor Wut und Erschöpfung zusammen, als er auf etwas hinter mir deutete und mit seiner weichen Kinderstimme sagte, dass die komische Frau wieder da sei.

Ich sah, wie das Wasser langsam durch den Flur auf die Telefonanlage unter dem Aktenschrank zukroch. Am liebsten hätte ich mich auf meinem Bett zusammengerollt und gewartet, bis alles von selbst getrocknet war. Mein Sohn tappte vorsichtig auf mich zu, ich packte sein Handgelenk etwas zu fest, als er in dem seifigen Wasser ausglitt, hielt ihn hoch, er schrie entsetzt auf. Sein Schrei schrillte in meinen Ohren, sein

Handgelenk fühlte sich schmal und zerbrechlich an. Ich lockerte meinen Griff und nahm Adrian auf den Arm, drückte ihn an mich, er wand sich und zeigte zur Wohnungstür.

»Da ist die komische Frau?«, fragte ich. Adrian nickte. Ich trug ihn zur Wohnungstür, spürte, wie er sich auf meinem Arm versteifte und fest auf etwas blickte, das ich nicht sah. Die Tür war breit und weiß lackiert, mit Sicherheitsschloss, Riegel und einem Spion versehen, vor den man ein kleines Plättchen schieben konnte, so dass von außen niemand hineinschauen konnte. Ich schob es zur Seite und sah durch den Spion ins Treppenhaus und auf die Wohnungstür der Kaltentals. Auf jeder der insgesamt sechs Etagen befanden sich zwei Wohnungen, zwischen denen ein Flur lag, der fast doppelt so breit wie das Kinderzimmer meines Sohnes war. Die Dimensionen in diesem Haus waren verschoben, das Außen war prächtig und groß, das Innen zweckmäßig und gut geschnitten, was die knapp siebzig Quadratmeter Wohnraum geräumiger wirken ließ, als sie tatsächlich waren. Es war still. Niemand ging durchs Treppenhaus, die Heizungsrohre und die alten Böden gaben keinen Laut von sich, und mir fiel auf, dass ich Anja Meineckes kleinen Sohn schon tagelang nicht mehr gehört hatte.

Adrian wurde auf meinem Arm unruhig. »Da ist

niemand«, sagte ich. »Ich sehe keine komische Frau.« Er rutschte an mir herunter, ich hielt ihn fest, damit er nicht wieder ausrutschte und holte Putzlappen und einen Wischeimer aus der Abstellkammer. Adrian half mir, so gut er konnte, und als der Boden wieder halbwegs trocken war, beschloss ich, erst einmal nach draußen zu gehen, bevor das nächste Unglück passierte. Als wir schon im Treppenhaus standen, ging ich noch einmal zurück, kontrollierte zum zweiten Mal Fenster, Herd, Kaffeemaschine und Wasserhähne und versicherte mich, den Schlüssel tatsächlich dabeizuhaben, bevor ich die Wohnungstür zuzog.

Wir gingen in den kleinen Park hinter dem Haus. Obwohl es noch früh war, waren schon die ersten Eltern mit Kindern unterwegs, wir nickten uns freundlich zu, erschöpft, unausgeschlafen und doch mit jenem etwas entrückten und dankbaren Lächeln, das ich so nur von Müttern und Vätern kenne. Die sandigen Wege waren mit weißen Pollen bedeckt, an den Rändern und um die Bäume herum waren sie zu dichten, hohen Wällen aufgeweht, wie herabgesunkene Wolken. Ich ging in die Hocke und griff in die Pollen hinein, sie fühlten sich weich, flaumig und etwas körnig an. Ich pustete sie von meiner Handfläche. Adrian pustete auch und lachte. Unsere Hände waren immer noch von der Seifenlauge gerötet. Ich umarmte ihn und drückte meine Lippen auf seine glatte, warme Wange. Er machte sich kichernd von mir los, sammelte Steinchen und Löwenzahn, rannte über die Wiese und suchte nach Hundehaufen. Meine Ermahnungen, nicht in einen zu treten, hatten sein lebhaftes Interesse an den Hinterlassenschaften der Hunde geweckt. Ich setzte mich auf meine Bank, das Holz war schon warm von der Sonne, und zündete mir eine Zigarette an. Die Rückseite unseres Hauses lag im Schatten, ich zählte die Fenster, die zu unserer Wohnung gehörten, acht Fenster auf dieser Seite, zwei zur anderen, das sah nach viel Platz aus. Bald müssten sie wieder einmal geputzt werden, wenn frühmorgens die Sonne darauf schien, wurden die Spuren des Winters und des Blütenstaubs deutlich sichtbar. Ich stand von der Bank auf und kniff die Augen zusammen, um besser zu sehen. Langsam ging ich den Weg ein Stück aufs Haus zu und hörte Adrian nach mir rufen. Seine Stimme wurde aufgeregter und ängstlicher, je weiter ich mich entfernte. Ich sah mich nach ihm um und rief, er solle mir nachkommen, ich sah ihn mitten auf der Wiese stehen, er bewegte sich nicht, ich schaute wieder zur Wohnung hinauf. Alle Fenster waren geöffnet. Nicht nur die Oberlichter, sondern auch die Flügel, die ich nur aufzog, wenn Adrian nicht zu Hause war. Ich hatte immer Angst, dass er auf die Fensterbank klettern und hinunterstürzen könnte. Ich spürte, wie mein Herzmuskel sich zusammenzog, Blut in die Kammer gepumpt wurde und wieder in den Körper zurückfloss. Ich hörte es in meinen Ohren rauschen. Mein Sohn rief mit schriller Stimme nach mir. Ich lief zu ihm zurück, packte ihn unter den Armen und schwang ihn einmal im Kreis herum, bis er vor Vergnügen johlte. Dann trug ich ihn zum Haus zurück, ignorierte seinen Protest und rannte die Treppen zu unserer Wohnung hinauf. Als ich die Tür öffnete, knallte ein Fenster zu, durch den Flur ging ein kleiner Sturm, die Wohnungstür krachte ins Schloss. Ich rief nach Leander, mein Sohn freute sich: »Papa, Papa!«, lachte er. Aber es war niemand da. Nur die Fenster waren alle geöffnet. Ich machte eines nach dem anderen zu. Adrian schien meine Unruhe zu bemerken, er tappte wortlos hinter mir her, schließlich fasste er nach meiner Hand und sah zu mir hoch. Ich zwang mich zu einem Lächeln. Er erwiderte es und fragte, ob wir zurück in den Park gehen könnten. Mich hielt es nicht in der Wohnung, mir war plötzlich sehr unbehaglich zumute, also stimmte ich zu. Ich drückte die Klinke der Wohnungstür herunter, das Schloss klickte leise, öffnete sich aber nicht. Ich drückte fester und zog. Die Tür blieb verschlossen. Mein Sohn wollte mir helfen, stellte sich auf die Zehenspitzen, ich sah seine kleinen, kugeligen Zehen unter den blauen Riemen seiner Sandalen hervorlugen. Vergnügt zerrte er an der Klinke, die Tür ging nicht auf. Ich fasste in meine Hosentasche, mein Blick glitt über die Kommode, den Boden, ich suchte im Wohn- und Schlafzimmer, in der Küche und im Bad nach meinem Schlüssel und fand ihn nicht. Wahrscheinlich steckte er von außen im Schloss. Ich hatte vergessen, ihn abzuziehen. Ich schob Adrian, der immer noch vergnügt an der Klinke zerrte, zur Seite und blickte durch den Spion in den Flur. Da war niemand. Dann holte ich den Ersatzschlüssel aus der Kommode und steckte ihn ins Schloss. Er ließ sich nicht drehen. Das Schloss war von außen blockiert. Jemand hatte uns eingeschlossen.

Im ersten Augenblick war ich so erschrocken, dass ich nicht das Naheliegendste und einzig Vernünftige tat, sondern mit Adrian auf dem Arm von Fenster zu Fenster rannte und ernsthaft überlegte, wie ich mich aus dem zweiten Stock abseilen könnte. Rückblickend kann ich mir diese Reaktion kaum noch erklären, hatte ich doch durch den Spion gesehen, dass niemand vor der Tür stand, dass keine Gefahr von ihr ausging und dort nichts auf mich lauerte. Aber ich erinnere mich, dass ich auf dem Weg von Zimmer zu Zimmer die Wohnungstür ständig im Auge behielt und, wenn ich an ihr vorbeimusste, rannte. Als mir klar wurde, dass es unmöglich war, sich gefahrlos durch die Fenster zu retten, war ich wie gelähmt, und erst als Adrian leise fragte, ob er mir helfen könne, fiel mir ein, selber Hilfe zu holen. Der erste, an den ich dachte, war Leander. Ich rief ihn an. Die Verbindung war schlecht, ich verstand nur, dass er schon im ICE Richtung Hamburg saß, dann brach das Gespräch ab, und ich rutschte mit klopfendem Herzen an der Wohnungstür hinunter. Mein Sohn setzte sich neben mich, runzelte die Stirn und presste die Lippen fest aufeinander, wahrscheinlich imitierte er mich. Etwas knackte. Ich sah zur Decke und hörte, dass jemand durch die Wohnung über mir ging. Anja Meinecke. Ich sprang auf, lief zum Schreibtisch und suchte ihre Nummer in meinem Adressbuch. Als ich gewählt hatte, konnte ich hören, wie oben das Telefon zu klingeln begann. Eine Tür wurde geöffnet, der Dielenboden knackte, die Schritte waren jetzt direkt über mir. Anja nahm ab, ich schrie und hörte, wie sie ihre Wohnungstür aufriss, der Knall hallte im Treppenhaus wider. Ich ließ das Telefon sinken. Anjas Flip-Flops klatschten auf den Steinboden, über die Stufen. Dann stand sie vor meiner Tür, ich hörte ihren Atem, der Schlüssel wurde umgedreht, und die Tür öffnete sich.

3

Ich war immer noch wie erstarrt. Anja machte einen Schritt auf mich zu, ihre Fingerspitzen berührten meine Schulter, mit der anderen Hand strich sie Adrian über den Kopf. Wir waren nur Nachbarn, keine Freunde, außer uns waren sie die einzigen ›Neuen‹ im Haus, wobei Anja und Tim schon seit sechs Jahren hier lebten. Einige Male hatten wir Kaffee miteinander getrunken, aber schnell gemerkt, dass wir nur wenige Gemeinsamkeiten hatten. Jetzt kam es mir vor, als hätte sie Adrian und mir das Leben gerettet. Ich war so aufgeregt, dass ich kaum sprechen konnte. Mein Blick tastete Anja ab, ich versuchte mir jedes Detail zu merken, das glitzernde Strassherzchen auf der Brusttasche ihrer roten Kapuzenjacke, das weiche Kinn, die kleine Zahnlücke zwischen den Schneidezähnen, den goldenen Ehering, den sie an einer Kette um den Hals trug, weil ihre Finger seit der Schwangerschaft so angeschwollen waren, dass er nicht mehr passte.

»Wie ist das passiert?«, fragte sie, zog den Schlüssel

ab und reichte ihn mir. Ich wollte danach greifen, aber meine Finger gehorchten mir nicht, er fiel zu Boden. Als Adrian ihn aufheben wollte, kam ich ihm zuvor und riss den Schlüssel an mich. »Das ist kein Spielzeug«, fuhr ich ihn an. Anja streichelte mir beruhigend über die Schulter.

»Jemand hat uns eingeschlossen«, sagte ich. »Und es war jemand in unserer Wohnung.«

Ich fuhr mir durchs Haar, meine Augen brannten, und mir wurde auf einmal bewusst, wie angespannt und müde ich wahrscheinlich aussah. Ich holte Luft, um ruhiger weitersprechen zu können. Herr Kaltental öffnete seine Tür und kam mit einer winzigen Mülltüte aus der Wohnung. Anja sah sich nach ihm um. Er stellte sich vor den Fahrstuhl und fixierte die silberne Tür.

»Wenn Sie fahren wollen, sollten Sie vielleicht besser den Knopf drücken,« sagte Anja. Sein Körper bewegte sich nicht, nur sein Kopf drehte sich mit einem Ruck zur Seite.

»Vielen Dank für den Hinweis«, antwortete er, streckte einen Finger aus und stieß ihn gegen den Knopf. Wir warteten, bis der Fahrstuhl kam und die Tür hinter Herrn Kaltental zuglitt.

»Was war das denn?«, fragte ich, für einen Augenblick von meinen eigenen Sorgen abgelenkt. »Habt ihr euch gestritten?«

Anjas Lächeln wirkte offen und unbeschwert. »Kommt doch erst mal mit hoch«, sagte sie. »Du siehst aus, als könntest du einen Kaffee gebrauchen.«

Als ich hinter ihr die Treppen hinaufstieg, sah ich Herrn Kaltental im Erdgeschoss aus dem Fahrstuhl kommen. Ohne aufzusehen, ging er mit seinem kleinen Müllbeutel zur Haustür hinaus. Anja ließ Adrian und mir den Vortritt und schloss die Wohnungstür dann sorgfältig hinter uns ab. Das Geräusch der Schlüssel, die leise gegeneinander und an das Holz schlugen, löste in mir eine leichte Beklemmung aus. »Ist Tim nicht da?«, fragte ich.

»Auf Arbeit. Bei ihm im Betrieb haben sie alle Zeitarbeiter entlassen. Jetzt muss alles mit der festen Belegschaft gehen. Die schieben eine Schicht nach der anderen. Feiertag hin oder her. Setz dich doch schon mal, ich koch dir schnell einen Kaffee. Und du, Adrian? Magst du Apfelsaft?«

Er folgte ihr in die Küche, und ich ließ mich im Wohnzimmer auf der Kante des breiten, pfirsichfarbenen Sofas nieder. Die Wohnung von Anja und Tim glich meiner bis ins kleinste Detail. Auch hier war der Dielenboden mit PVC überklebt worden, die Farbe der Fensterrahmen blätterte an den gleichen Stellen ab, und das Plättchen über dem Spion an der Wohnungstür war vom vielen Anfassen grau geworden. Auf dem makellos weißen Lack wirkte es wie ein Schmutzfleck. Ich hörte Anja in der Küche mit der Kaffeemaschine hantieren. Wasser rauschte, Glas klirrte, Adrian kam mit einem roten Plastikbecher mit Apfelsaft zu mir herein. Er hielt ihn in beiden Händen und beobachtete mit großer Konzentration, wie der Saft im Becher hin- und herschwappte.

»Und Janosch?«, rief ich Anja zu. »Ich habe ihn schon seit ein paar Nächten nicht mehr gehört. Schläft er jetzt durch?«

»Warte«, rief Anja zurück. »Ich komme gleich.«

Bis auf das Gurgeln der Kaffeemaschine war es still. Ich dachte, dass Anja den Kaffee bewachte. Wie Herr Kaltental das Fahrrad seiner Frau. Vielleicht wägte sie auch ab, überlegte, ob sie mir von ihren Schwierigkeiten mit Herrn Kaltental erzählen sollte oder nicht. Adrian setzte sich neben mich auf die Couch, seine Füße schlenkerten über dem Boden, und er schlürfte genüsslich den Apfelsaft. Das Wohnzimmer von Anja und Tim war so vollständig eingerichtet, wie ich es sonst nur in Katalogen gesehen hatte. Anja schien jeden Ratschlag, der in den Einrichtungs- und Schöner-Wohnen-Sendungen im Fernsehen je gegeben worden war, beherzigt zu haben. Das Wort Wohnlandschaft hatte hier seine wahre Erfüllung gefunden. Kräftige Rottöne und pastellige Farben wechselten einander ab, Funktionalität und modernes Design wurden von weichen Stoffen und geschwungenen Formen ergänzt. Auch die obligatorische rote Wand, die ich nun schon in so vielen Wohnungen gesehen hatte, fehlte nicht. Vom Boden bis zur Decke rankte sich eine weiße Phantasieblume mit Dutzenden von Blüten, die Anja sorgfältig mit einer Schablone auf die Tapete gemalt hatte. Auf dem Couchtisch standen auf einem Deckchen zwei Schalen, eine mit Obst, eine mit Gummibärchen gefüllt. Nachdem Adrian ausgetrunken hatte, reichte er mir den leeren Becher, rutschte vom Sofa und stellte sich an den Couchtisch.

»Du kannst dir ruhig welche nehmen«, sagte Anja, die mit einem großen Birkenholztablett hereinkam, es auf dem Tisch abstellte und sich mir gegenüber in einen Sessel setzte. Adrian sah von ihr zu mir, ich nickte, und er griff nach den Gummibärchen. Jetzt erst bemerkte ich die dunklen Ringe unter Anjas Augen und zwei scharfe Falten auf ihrer Stirn.

»Ist bei euch alles in Ordnung?«, fragte ich.

»Ja. Aber wir ziehen aus.«

»Ich habt euch doch nicht etwa getrennt?«

»Nein!« Sie schüttelte den Kopf, wobei sich eine braune Haarsträhne aus ihrem Pferdeschwanz löste und ihr ins Gesicht fiel. »Nein«, wiederholte sie etwas ruhiger und pustete sich die Haarsträhne aus dem Gesicht. »Aber wir haben Ärger mit einigen Leuten.«

»Mit Herrn Kaltental?«

»Wenn ich das schon höre!«, fauchte sie plötzlich. »In Wirklichkeit heißt er Hellweg. Heiner Hellweg. Hat seinen Namen nach der Wende geändert. Aber sprich ihn nie darauf an!« Sie stieß mit dem Finger in meine Richtung, so wie Herr Kaltental nach dem Fahrstuhlknopf. »Der verklagt dich am Ende noch. Ich hab den in der Schule gehabt. Ich bin hier geboren, hab ich das mal erzählt?«

Ich nickte.

»Du bist aus dem Westen, du kannst das nicht wissen. Aber das war ein ganz großes Arschloch damals, er hat die Kleinen in die NVA geholt. Also, dafür begeistert natürlich.« Sie brach plötzlich ab. »Du hast ja noch gar nichts zu trinken.« Ihr Blick flog über den Couchtisch hinweg, mit zitternden Händen stellte sie eine Tasse auf eine Untertasse, rückte den Henkel zurecht und schenkte mir Kaffee ein. Für sich selbst hatte sie einen übelriechenden Tee zubereitet, der vermutlich den Milchfluss anregte. Sie stillte noch.

»Und jetzt macht er euch Ärger?«, fragte ich.

Sie hob die Schultern. »Nicht er allein. Es ist vor allem die König. Adrian!« Sie fasste meinen Sohn am Handgelenk. »Wenn du noch mehr Gummibärchen isst, kriegst du Bauchweh.«

Er hatte die halbe Schüssel geleert, ich stellte sie außerhalb seiner Reichweite auf der Fensterbank ab. Da er immer noch beide Hände voll hatte, hielt sich sein Protest in Grenzen.

»Ihretwegen müssen wir ausziehen«, sagte Anja. »Ihretwegen ist Janosch nicht hier.«

Sie hob ihren Teebecher, als wollte sie mir damit zuprosten, und jetzt merkte ich, dass ich den Geruch falsch eingeordnet hatte. Merkwürdig, wie schnell man das, was einem gerade noch so vertraut gewesen ist, worüber man in Fachzeitschriften und Elternratgebern gelesen hat, plötzlich wieder vergisst.

»Salbeitee«, sagte Anja. »Ich stille ab. Janosch ist bei meinen Eltern, bis wir hier raus sind.«

»Was ist denn los?«, fragte ich. Sie stützte das weiche Kinn in die breite Hand und schloss für einen Augenblick die Augen. Als sie mich wieder ansah, schien sie zu einem Entschluss gekommen zu sein. »Ich sollte gar nicht darüber sprechen«, sagte sie. »Aber ich vermute, dass dir das gleiche passiert wie uns. Sie treibt ihr Spiel jetzt mit dir. Es war Frau König, die dich eingeschlossen hat, sie ist in deiner Wohnung gewesen. Wahrscheinlich durchwühlt sie auch deine Post. Die Alte hat nicht mehr alle Tassen im Schrank, dafür aber sämtliche Schlüssel.«

Anja lehnte sich in ihren Sessel zurück, ich vermutete, dass wir in etwa gleich alt waren, aber in diesem

Moment schien sie um Jahre gealtert zu sein. Ich musste daran denken, wie oft ich nachts ihrer Stimme und ihren Schritten gelauscht hatte. Wenn sie mit Janosch auf dem Arm über mir auf und ab ging, war es mir zuweilen vorgekommen, als ginge sie mit mir, ihre Schritte und das beruhigende Murmeln ihrer Stimme hatten mich eingelullt. Vielleicht war es ihr umgekehrt ähnlich gegangen.

»Erzähl«, sagte ich und zog Adrian auf meinen Schoß. Anja hob wieder die Schultern, schloss einen Moment lang die Augen und sah mich wieder an. »Angefangen hat es im letzten Sommer«, sagte sie. »Zuerst war es nur ein Gefühl. Ich kam vom Einkaufen zurück nach Hause und … irgendetwas stimmte nicht. Es roch komisch. Meine Bettdecke war eingedrückt, als hätte jemand darauf gesessen. Meine Sofakissen hatten alle so einen Knick …« Sie fuhr mit der Handkante einmal von oben nach unten durch die Luft, um anzudeuten, was sie meinte. Ihre Mundwinkel zuckten. »Es war beinahe ein wenig zum Lachen. Aber mit der Zeit kam es zu immer neuen Merkwürdigkeiten und Ungereimtheiten. Wenn ich morgens aufstehe, ziehe ich als erstes die Vorhänge im Schlafzimmer auf. Aber wenn ich aus der Dusche kam, waren sie auf einmal wieder geschlossen. Tim schob das alles auf meine Schwangerschaft. Er meinte, ich sei überreizt, überempfindlich.

Ich kam mir wie eine Verrückte vor. Und dann hatte er selbst auf einmal einen Verdacht. Briefe kamen mit zwei, drei Tagen Verzögerung bei uns an. Manches erreichte uns gar nicht. Wir lassen uns unsere Kontoauszüge schicken, und irgendwann bemerkte Tim, dass die Umschläge schon einmal geöffnet und wieder zugeklebt worden waren. Wir haben Anzeige gegen Unbekannt erstattet, aber das hat nichts gebracht. Kurz vor Ostern, es war ein Samstag und Tim war zu Hause, sind wir mit Janosch spazieren gegangen. Wir waren schon im Park hinterm Haus, als ich merkte, dass ich seinen Schnuller vergessen hatte. Also ging Tim noch einmal zurück, um ihn zu holen. Da hat er sie auf frischer Tat ertappt. Die König und den Hausmeister. Angeblich hätte es aus unserer Wohnung merkwürdig gerochen, versengt, Gefahr in Verzug, sie sind rein, um nach dem Rechten zu sehen. Wir haben sie wegen Hausfriedensbruch angezeigt. Und damit ging der Ärger erst richtig los. Unser Türschloss war mit Sekundenkleber verstopft, wir kamen nicht mehr aus der Wohnung heraus. Nachts wurde über dem Kinderzimmer auf den Boden gehämmert und getreten, bis Janosch aufwachte. Oder sie standen singend und grölend vor unserer Tür. Dann haben wir die Polizei gerufen. Aber bis die hier waren, war schon längst wieder Ruhe. Du hättest mal die Gesichter der Polizisten sehen sollen. Wir, das junge Paar mit dem brüllenden Baby auf der einen Seite und auf der anderen ein Haufen netter alter Leute, die sich nie etwas zuschulden hatten kommen lassen und nun angeblich eine Verschwörung gegen uns ausgeheckt haben sollten. Wir standen da wie die kompletten Idioten.«

»Warum hast du mir nichts davon erzählt?«, fragte ich.

»Warum sollten wir dich da mit reinziehen?«

Ich nahm einen Schluck Kaffee. Adrian war auf meinem Schoß beinahe eingeschlafen und blinzelte mir träge zu. Es war Zeit für seinen Mittagsschlaf. Mir wurde erst langsam bewusst, was Anjas Geschichte für mich bedeutete. All die Dinge, die mir in den letzten Wochen passiert waren und die ich meiner eigenen Unzulänglichkeit zugeschrieben hatte, erschienen plötzlich in einem völlig anderen Licht. Und Adrians komische Frau … mein Herzschlag setzte für einen Augenblick aus, als ich die Möglichkeit in Erwägung zog, dass er tatsächlich jemanden in unserer Wohnung gesehen hatte.

»Wie ging es dann weiter?«, fragte ich.

»Die Hausverwaltung hat uns eine andere Wohnung angeboten und die Kündigungsfrist außer Kraft gesetzt. Unter der Bedingung, dass wir die Anzeige wegen Hausfriedensbruch zurückziehen.«

»Und das habt ihr getan?«

»Natürlich. Uns blieb keine andere Wahl. Die hätten uns immer weiter drangsaliert, und wenn wir gekündigt hätten, ohne die Anzeige zurückzuziehen, hätte die Hausverwaltung uns kein Empfehlungsschreiben für den neuen Vermieter gegeben. Nicht einmal in Berlin kriegst du noch eine Wohnung, wenn du keine Referenzen vorweisen kannst.«

»Aber warum?«, fragte ich. »Warum das alles?«

Anja wusste es nicht. Sie hatte eine Vermutung, die aber nicht erklärte, warum Frau König es nun plötzlich auf mich abgesehen haben sollte. Im letzten Jahr hatte sie Herrn Kaltental zufällig bei den Briefkästen getroffen und ihn mit dem Namen angesprochen, unter dem sie ihn seit ihrer Schulzeit gekannt hatte. »Es war ein Versehen«, sagte sie. »Aber er ist total ausgeflippt. Hat gebrüllt und gedroht, mich anzuzeigen, bis ich wie ein Schulkind zusammengebrochen bin und zu heulen angefangen habe. Er hat immer weiter geschrien. Und dann war die König auf einmal da. Hat ihn zur Ordnung gerufen und mich in den Arm genommen, hat auf ganz freundlich gemacht. Aber sobald wir hier in der Wohnung waren, hat sie mich durch die Mangel gedreht. Ob ich nicht wüsste, in welche Schwierigkeiten ich Herrn Kaltental brächte, wenn ich ihn weiterhin Hellweg nannte. Dass ich dem Ansehen des ganzen

Hauses schaden würde. Die da draußen warteten nur darauf, etwas zum Fraß vorgeworfen zu bekommen, und wenn ich ihnen den Kaltental lieferte, würden sie sich danach einen nach dem anderen vornehmen und uns alle mit Haut und Haaren verschlingen. Ob ich das wirklich wollte. Gegen den Kaltental hatte ich mich nicht gewehrt, aber als die König so mit mir gesprochen hat, ist mir der Kragen geplatzt, und ich habe sie rausgeschmissen. Diese Zeiten seien glücklicherweise vorbei, habe ich zu ihr gesagt. Kurz darauf hat es angefangen.«

Nachdem ich Adrian für seinen Mittagsschlaf zu Bett gebracht hatte, saß ich eine Zeit lang in der Küche und betrachtete die Schlüssel, die vor mir auf dem Tisch lagen. Es waren insgesamt sechs, jeweils drei für die Haus-, beziehungsweise die Wohnungstür. Bei der Wohnungsübergabe hatten Leander und ich es abgelehnt, einen Ersatzschlüssel bei der Hausverwaltung zu lassen. Seinen Schlüssel hatte er mir wiedergegeben, als er in die Pension gezogen war. Alle Wohnungsschlüssel lagen vor mir. Und doch war jemand hier gewesen. Möglicherweise Frau König. Aber selbst wenn ich mir die Frage, was sie in meiner Wohnung gesucht hatte, nicht stellte, wenn ich davon ausging, dass es ihr schlicht und ergreifend Vergnügen bereitete oder ein lustvolles

Gefühl von Macht gab, im Leben anderer Leute herumzuschnüffeln, selbst wenn ich die Frage nach ihrem Motiv beiseiteschob und mich nur an die Tatsachen hielt, blieb eine leichte Irritation. Eine kleine Beunruhigung. Irgendetwas stimmte hier nicht. Schließlich holte ich Stift und Papier und begann, alle Zwischenfälle, sämtliche Unregelmäßigkeiten, die mir noch in Erinnerung waren, aufzulisten.

Anschließend sortierte ich meine Notizen, nahm ein neues Blatt und unterteilte es in mehrere Spalten. Ich folgte dabei keinem konkreten Plan, eher einem Gefühl und der vagen Erinnerung an meinen Rechenunterricht in der Grundschule. Birnen zu Birnen, Äpfel zu Äpfeln, was gehört nicht dazu? Schließlich überschrieb ich die Spalten mit Wind, Wasser und Feuer. Zur ersten Kategorie gehörten die offenen Fenster, plötzlich zuschlagende Zimmertüren, auch Leanders Kleiderschrank, der sich immer wieder wie von selbst öffnete, trug ich hier ein – wenn auch mit einem Lächeln. Zur Kategorie Wasser zählte ich das verstopfte Klo, die Wasserflecken, die ich eines Morgens auf dem Boden im Wohnzimmer entdeckt und für die ich keine Erklärung gefunden hatte, den Badezimmerspiegel und die Kacheln, die beschlagen gewesen waren, als hätte jemand, während Adrian und ich schliefen, stundenlang heiß geduscht, und die ausgelaufene Waschmaschine heute morgen.

Die dritte Kategorie ›Feuer‹ war die, die mich am meisten beunruhigte. Die aufgedrehten Heizungen erschienen mir harmlos, aber die heiße Herdplatte, die eingeschaltete Kaffeemaschine und die brennende Kerze auf dem Esstisch stellten wirkliche Gefahrenquellen dar.

Alle Vorfälle passten in eine dieser drei Spalten. Bis auf einen: Die von außen abgeschlossene Wohnungstür. Ich versuchte, logisch zu denken, ich verkrampfte mich körperlich bei dem Versuch, ein Muster in meinen Notizen zu erkennen. Mein Nacken begann zu schmerzen, und das Brummen der Waschmaschine lenkte mich ab. Schließlich setzte ich den Stift aufs Papier, tippte mit der Mine darauf und schrieb eine erste, vorsichtige Überlegung nieder. Gemessen an meiner Anspannung und dem krampfhaften Versuch, zu einem Schluss zu kommen, erschien sie mir, als ich sie las, banal, ja geradezu nichtig. Ich will sie hier dennoch wiedergeben: Feuer, Wasser, Wind bedrohen mich und machen mir Angst. Sie wollen mich aus der Wohnung vertreiben. Wohingegen der Versuch, mich einzuschließen, genau das Gegenteil bezweckt. Also hat das eine mit dem anderen nichts zu tun.

Diese Schlussfolgerung war so wenig befriedigend – zumal sie die Fragen nach Täter und Motiv nicht mit einbezog –, dass ich meine Notizen zerknüllte und in den Mülleimer werfen wollte, als mein Blick auf die Waschmaschine fiel. Die Trommel drehte sich nach rechts und zurück, Schaum und Wäsche klatschten von innen gegen das gläserne Bullauge. Ich ging in die Hocke und zog an dem länglichen Plastikgriff, er gab ein Stück nach, aber die Tür blieb verschlossen. Der Sicherheitsmechanismus, der das Öffnen des Bullauges während des Waschvorgangs verhindern sollte, funktionierte. Wie war es Adrian oder der komischen Frau, die möglicherweise Frau König war, dennoch gelungen, sie zu öffnen? Ich wünschte mir, ihn fragen zu können, in diesem Moment hätte ich viel dafür gegeben, die sprachliche Entwicklung meines Sohnes vorantreiben zu können. Ich lehnte meine Stirn gegen das kühle Metallgehäuse der Waschmaschine und strich meine Notizen wieder glatt. Mit einem Mal kamen sie mir unsinnig und irrational vor. Ich hatte etwas übersehen. Und die Waschmaschine brachte mich darauf, was es war.

Ich stand auf, ging in den Flur und betrachtete die Wohnungstür. Sie verfügte über ein Sicherheitsschloss und einen Riegel, der sich nur von innen vorschieben, von außen aber nicht öffnen ließ. Wenn ich abends schlafen ging, schob ich ihn immer vor, weil ich fürchtete, dass Adrian eines Nachts auf Erkundungstour gehen und die Wohnung verlassen könnte. Eigentlich war der Riegel auch ständig geschlossen, wenn ich mit ihm in der Wohnung war. Während wir in der Wohnung waren, hätte also niemand hereinkommen können – auch keine komische Frau, die den Herd anmachte oder die Waschmaschine auslaufen ließ. Schlagartig wurde mir klar, was das bedeuten musste. Adrian drückte seine Gefühle und Gedanken in nur zwei Worten aus: Komische Frau. Und je länger ich darüber nachdachte, desto sicherer wurde ich mir, dass er mich damit meinte. Ich war die komische Frau. Ich hatte seinen Vater vor die Tür gesetzt, reagierte gereizt und müde auf die Sorgen und Bedürfnisse meines Sohnes, ich verstand ihn nicht mehr. Ich war in seinen Augen komisch geworden.

Wie ich so schnell die Perspektive wechseln konnte? Ich weiß es nicht. Vielleicht erschien mir eine Bedrohung, die von mir selber ausging, ein Problem, das in mir lag, handhabbarer und weniger gefährlich als jeder negative Einfluss von außen.

Ich rief meine Eltern an, sagte ihnen, dass es mir schlecht gehe und ich Hilfe bräuchte. Meine Mutter wollte noch am selben Tag kommen, aber ich fand, dass es ausreichte, wenn sie am nächsten Morgen losfuhr. So verabredeten wir es dann auch, was ich noch in der gleichen Nacht bereute. Ich wusste nicht, was mich geweckt hatte. Aber von einem Moment auf den anderen war ich plötzlich hellwach, ohne mich jedoch zu regen. Ich wagte kaum zu atmen und wusste, dass ich nicht allein war. Ich spürte die Gegenwart eines anderen Menschen, und es war nicht Adrian.

Die Aussicht auf den Besuch meiner Mutter hatte mich beruhigt. Anstatt wieder auf der durchgelegenen Matratze neben Adrians Bett zu schlafen, hatte ich es mir am Abend mit einer Tasse Tee in meinem eigenen Bett bequem gemacht und noch ein wenig gelesen. Nach dem Abitur hatte ich einige Semester Theologie studiert. Seit meiner Trennung von Leander beschäftigte ich mich wieder damit. Ich las nicht die Bibel selbst, sondern Deutungsversuche und Auslegungen. Das Wandern auf vertrauten Pfaden entspannte mich und bündelte meine Gedanken. Während ich mich in eine Interpretation der Schöpfungsgeschichte vertiefte, rasten draußen Krankenwagen und Polizei vorbei. Vermutlich war es in Kreuzberg nun doch zu Ausschreitungen gekommen, wie jedes Jahr am ersten Mai. Vielleicht waren sie in diesem Jahr wieder schlimmer als in den Jahren zuvor, die wirtschaftliche Lage hatte die Stimmung schon im Vorfeld aufgeheizt. Das Heulen der Sirenen riss nicht ab. Beim Lesen hatte ich nun auf einmal das Gefühl, dass sich mein Inneres gegen eine – vielleicht feindliche – Außenwelt wappnete. Die Vorstellung, dass in allem ein Sinn lag, dass die Welt und jeder einzelne Mensch von Gott gewollt waren, beruhigte mich. Ich war nicht allein. Und wenn mir auch im Moment jeder Plan für mein weiteres Leben fehlte, konnte ich doch darauf vertrauen, dass es einen Weg für mich gab. Ich würde fähig und in der Lage sein, ihn zu gehen. Als ich das Buch schließlich zur Seite gelegt und die Nachttischlampe ausgeknipst hatte, tat es mir Leid, meine Eltern in Sorge versetzt und meine Mutter hergebeten zu haben. Vor allem aber freute ich mich auf den nächsten Tag und ihre Ankunft.

Als ich nun mitten in der Nacht aufwachte, wusste ich, dass ich einen Fehler gemacht hatte. Ich dachte sofort an den Riegel, der wie immer vor die Wohnungstür geschoben war, und dass es doch eine Möglichkeit geben musste, ihn von außen zu öffnen. Ich hörte aus dem Flur Stoff rascheln und den leisen, schnaufenden Atem einer Frau, ich weiß nicht, warum ich ihn sofort einer Frau zuordnete, aber ich war mir absolut sicher, dass es kein Mann war. Die Frau stand vor meiner Schlafzimmertür. Gott sei Dank ist Adrian in seinem Zimmer, dachte ich. Hoffentlich wacht er nicht auf.

Ich rollte mich vorsichtig auf die Seite, um die Tür besser sehen zu können. Im Flur brannte immer eine kleine Lampe, so dass Adrian, falls er nachts aufwachte und zu mir herüberkam, seinen Weg fand, ohne zu stolpern oder sich zu verletzen. Jetzt sorgte das Licht dafür, dass ich die Umrisse der Frau deutlich hinter dem Milchglas der Schlafzimmertür erkennen konnte. Sie war groß und dünn, dunkel gekleidet und schien seitlich zu mir zu stehen. Sie wirkte etwas gebeugt, vielleicht hatte sie einen Buckel. Auf einmal hörte ich ein leises Winseln, wie von einem Hund, dann wurde ein Weinen daraus. Die Frau schluchzte, und auf einmal wurde mir klar, dass sie nicht zu mir hereinschaute, sondern an der Wohnungstür stand und durch den Spion hinaussah. Das erklärte auch ihre Haltung.

Als ich aus dem Bett sprang und die Schlafzimmertür aufriss, sah ich sofort, dass der Riegel noch verschlossen, das Plättchen vor dem Spion jedoch zur Seite geschoben war. Die Frau war verschwunden. Aber im Flur nahm ich einen merkwürdigen, scharfen Geruch wahr, den ich nicht gleich einordnen konnte. Im Treppenhaus brannte kein Licht. Der Mondschein fiel auf die langen, schmalen Rollen PVC-Boden, die Herr Kaltental am Nachmittag aus seiner Wohnung getragen und auf der Galerie abgelegt hatte. Ich hörte ihn oft hämmern, schleifen und bohren, vor Ostern hatte er mehrere Farbeimer angeschleppt, und der Geruch von Tapetenkleister und frischer Farbe war tagelang durchs Treppenhaus gezogen. Aber was ich jetzt roch, war etwas Anderes, Altes, durchdringend Schmutziges, ich war nicht sicher. Ich schob das Plättchen wieder vor den Spion und hörte den Sand, den Adrian vom Spielplatz hereingetragen hatte, unter meinen Füßen knirschen. Der PVC-Boden war klebrig, feucht, und als ich einen Schritt zurücktrat, merkte ich, dass er ein wenig nachgab. Wo ich gestanden hatte, hatten meine Füße einen leichten Abdruck hinterlassen. Wie am Strand, als wäre die Brandung schon einmal darüber hinweggegangen, und wenn sie das nächste Mal daran leckte, würden die Abdrücke ganz verschwunden sein. Der PVC-Belag hatte sich vom Boden gelöst und stand gegen die Türschwelle ab. Ich ging in die Hocke und zog ihn zurück. Der Gestank nahm mir beinahe den Atem. Im ersten Augenblick dachte ich, dass das Wasser aus der Waschmaschine das angerichtet haben musste, aber dann wurde mir klar, dass ein derart massiver Schaden nicht innerhalb so kurzer Zeit entstanden sein konnte. Die Holzdielen unter dem PVC waren völlig durchweicht, schleimig und dunkel, es roch nach Fäulnis und – jetzt war ich mir sicher – Urin. Ich schaltete die Deckenbeleuchtung ein und zog das PVC bis zur gegenüberliegenden Wand zurück. Die Klebestreifen, mit denen es befestigt gewesen war, waren grün angelaufen oder hingen in Fetzen herunter. Ich hatte so etwas vor Jahren schon einmal in einer Wohnung gesehen, die ich mit Janina besichtigt hatte. Ein fast rechteckiger, fauliger Fleck auf dem Dielenboden des Zimmers, in dem ein alter Mann kurz zuvor gestorben war. An der Stelle hatte sein Bett gestanden, und in dem Zimmer hatte es genauso gestunken wie jetzt in meinem Flur. Ich erinnerte mich, dass der Makler versprochen hatte, die Stelle auszuschneiden und dort neue Dielen verlegen zu lassen. Der gesamte Boden sollte nicht erneuert werden. Überflüssig zu sagen, dass Janina sich für eine andere Wohnung entschieden hatte. Ich ließ den Plastikboden, der sich wie ein schwerer, zäher Lederlappen anfühlte, los. Er klatschte auf die Dielen zurück. Ich hörte ein erschrockenes Quietschen und fuhr herum. Am anderen Ende des Flurs stand Adrian. Die Deckenbeleuchtung ließ ihn blass aussehen. Ich machte einen Schritt auf ihn zu, er wich zurück. Ich ging in die Hocke und streckte die Arme aus.

»Warum weint sie?«, fragte er.

»Weint die komische Frau?«

Er nickte und kam dann zögernd auf mich zu. Erst als seine Hand meine Wange berührte, spürte ich meine Tränen.

4

Meine Mutter hatte sich in meinem grünen Kordsessel zurückgelehnt und die Hände im Schoß verschränkt. Ihre Augenlider waren zur Hälfte geschlossen. Durch die offenen Wohnzimmerfenster drang der süßlichherbe Geruch des Gewitters herein, das sich wenige Minuten zuvor entladen hatte. Jetzt war nur noch ein leises Tröpfeln zu hören, und ich war nicht sicher, ob es noch regnete oder ob die Tropfen von den Blättern der Bäume auf den Asphalt fielen. Ich zündete mir mit zitternden Händen eine Zigarette an.

»Du solltest nicht so viel rauchen«, sagte meine Mutter und machte die Augen auf. »Was du mir da gerade erzählt hast …« Sie hob die Schultern. »Diese Fehlleistungen – so etwas passiert mir andauernd. Jedem von uns.«

»Aber so oft?«, unterbrach ich sie. Sie schüttelte langsam den Kopf. »Nein. Aber was mich viel mehr wundert, ist, dass du auf mich keinen erschöpften oder abgespannten Eindruck machst. Vielleicht könntest du ein bisschen mehr Schlaf gebrauchen, aber ansonsten wirkst du völlig normal. Und auf keinen Fall wie jemand, der die Kontrolle verliert.«

»Aber irgendetwas stimmt nicht mit mir«, sagte ich.

»Irgendetwas stimmt hier nicht, das ist richtig.« Sie stand plötzlich auf, öffnete die Wohnzimmertür und ging durch den Flur. Ich wusste, wohin. Es fiel mir schwer, mich dazu zu bewegen, aufzustehen und meiner Mutter zu folgen. Sie kniete vor der Wohnungstür und tastete über den Boden.

»Da ist nichts«, sagte ich. »Absolut nichts. Ich habe es nur geträumt. Dabei war es so realistisch. Ich habe den Gestank immer noch in der Nase.«

»Hast du ein Teppichmesser?«, fragte meine Mutter.

»Nein. Wozu?«

»Oder ein anderes scharfes Messer?«

Ich ging in die Küche, nahm eines aus der Schublade und brachte es ihr. Sie drückte die Klinge ins PVC und schlitzte es an der Türschwelle entlang auf. Instinktiv hielt ich den Atem an, als sie den Boden ein Stück zurückklappte. Aber da war nichts. Nicht einmal Dielen. Nur grauer Estrich. Meine Mutter schob das Messer flach unter den PVC-Boden und löste die Klebestreifen, die völlig intakt schienen und nicht im Mindesten aufgelöst oder vermodert waren.

»Hilfst du mir mal?«, fragte sie. Ich hockte mich hin

und zerrte an dem Boden. Was ich im Traum innerhalb einer Minute geschafft hatte, dauerte nun fast eine Viertelstunde. Als wir die Klebestreifen gelöst und den PVC auf der ganzen Breite des Flurs angehoben hatten, schaltete meine Mutter die Deckenbeleuchtung ein. Die Holzdielen waren einmal in einem dunklen Rotton lackiert gewesen und etwas abgetreten, aber ansonsten völlig intakt. Abgesehen von der ausgeschnittenen Stelle direkt vor der Wohnungstür. Wie eine Pfütze ersetzte dort Estrich die fehlende Stelle im Holz. Meine Mutter legte den Boden zurück und trat ihn fest, nur an der Türschwelle stand er noch ein wenig ab.

»Das müssen wir morgen neu kleben«, sagte sie und ging ins Wohnzimmer zurück. Als ich mich ihr gegenüber aufs Sofa setzte, streckte sie die Hand nach meinen Zigaretten aus. Ich warf ihr die Schachtel zu, und sie zündete sich eine an.

»Erinnerst du dich an die schwarze Katze, die Adrian am Strand gesehen hat?«, fragte sie.

Ich schüttelte langsam den Kopf. Ich wusste nicht, was sie meinte.

»Du hast sie auch nicht gesehen. Aber Adrian. Er ging von Strandkorb zu Strandkorb und suchte nach einer Katze. Wir wollten nach Hause, aber er wollte nicht mit. Katze, Katze, hat er immer wieder gesagt, aber am Strand war kein Mensch mehr, kein Hund

und schon gar keine Katze. Schließlich hast du ihn dir einfach über die Schulter geworfen und bist losmarschiert. Und als ich mich noch einmal umgesehen habe, saß eine schwarze Katze im Sand.«

»Was willst du damit sagen?«, fragte ich. »Dass er sieht, was er sieht? Dass die komische Frau wirklich hier ist?«

»Irgendetwas ist hier.«

Ich war fassungslos. »Seit wann glaubst du an Gespenster?«

Sie schüttelte entschieden den Kopf. »Das tue ich nicht. Aber der Boden vor deiner Tür ist tatsächlich beschädigt. Wieder repariert, aber er war genau an der Stelle, von der du geträumt hast, so kaputt, dass das Holz nicht mehr zu retten gewesen ist.«

Ich schwieg. Ich hatte erwartet, dass meine Mutter eine sachliche, rationale Erklärung für alles haben würde. Dass sie mir für ein paar Tage ein wenig Arbeit abnahm, ich ein, zwei Nächte wieder durchschlafen könnte und dann alles wieder in Ordnung kommen würde. Damit, dass sie meinen Boden mit dem Messer bearbeiten und Adrians Geschichte von der komischen Frau glauben würde, hatte ich nicht gerechnet. Im Gegensatz zu mir wirkte sie allerdings nicht verängstigt, sondern eher neugierig und interessiert. »Vielleicht solltest du wirklich mal zu dieser Frau König hochgehen und fragen, wer hier vor dir gewohnt hat«, sagte sie.

»Wozu? Um was zu erfahren?«

Sie zuckte mit den Schultern, was bei ihr eine Geste grimmiger Entschiedenheit war. »Ich habe dich damals gewarnt«, sagte sie. »Durch diese Häuser weht ein böser Geist. Wer hier in der DDR wohnen durfte, war vom System überzeugt. Und ist es vermutlich auch jetzt noch. Die Wende hat für sie nichts Gutes gebracht. Sie haben von der DDR profitiert. Denk an das, was du von deinem Nachbarn erzählt hast, diesem Kaltental. Was hat der gemacht, dass er seinen Namen nach der Wende ändern musste und es auch durfte? Wahrscheinlich lebt er in ständiger Furcht, dass ihn jemand wiedererkennt. Jemand, der ihm etwas vorwirft. So wie diese Anja. So etwas setzt sich fest in den Mauern, das hängt im Gebälk, das wächst und modert wie ein widerlicher Pilz zwischen den Steinen. Und selbst, wenn du den loswirst, hängen die Sporen noch lange danach in der Luft. Weißt du, als du hier eingezogen bist, hast du uns diese alte Postkarte mit deiner neuen Adresse geschickt. Nationales Aufbauprogramm 1953.«

Ich lachte nervös. »Das war nur ein Scherz«, sagte ich.

1949 waren an der heutigen Karl-Marx-Allee zwei Laubenganghäuser gebaut worden, die auf einen Entwurf des Architekten Hans Scharoun zurückgingen. Er hatte direkt nach dem Krieg den sogenannten Kollektivplan entwickelt, der eine völlige Neugestaltung ganz Berlins vorsah. Dabei hatte ihm eine Art Gartenstadt vorgeschwebt. Aber mit der Gründung der DDR änderten sich die Vorgaben, der Kollektivplan wurde außer Kraft gesetzt, und Scharouns Ideen galten fortan als elitär und westlich-dekadent. Der neue Staat suchte nach einem Baustil, der die Überlegenheit seines Systems demonstrieren sollte. Er fand ihn in der sowjetischen Monumentalarchitektur. So entstand ein kilometerlanger, schnurgerader Prachtboulevard, der sich bestens für Aufmärsche und Paraden eignete. Die Fassaden der zum Teil dreizehn Stockwerke hohen Wohnblöcke wurden mit Stilelementen des Berliner Klassizismus, Ziergiebeln und der Antike nachempfundenen Säulen geschmückt.

»Baut den Frieden mit in die Häuser ein«, zitierte meine Mutter den Spruch Wilhelm Piecks, der über dem Schwarzweißbild der eben fertiggestellten Löwestraße gestanden hatte. »Das sagt doch schon alles. Mauert ihn zu. Gießt in Beton, was sich nur in Freiheit entfalten kann.«

Sie fuhr sich mit der Hand über die Kehle. »Das ist widerlich. Ich finde es widerlich, dass du hier wohnst. Und dass du tatsächlich glaubst, dass dein eigener

Sohn sich vor dir fürchten könnte. Du liebst ihn. Du kümmerst dich gut um ihn. Er ist ein prächtiger kleiner Bursche. Und du bist nicht verrückt.« Sie deutete mit der Zigarettenspitze auf mich und legte den Kopf in den Nacken. »Ich weiß nicht, was er sieht. Ob da überhaupt etwas zu sehen ist. Aber ich weiß, dass hier etwas nicht stimmt. Wenn du meine Meinung dazu hören möchtest: Pack deine Koffer und zieh aus. Zieh irgendwohin, wo Adrian und du frei atmen könnt.«

So war meine Mutter. Deutlich und direkt. Wenn es darum ging, mich dazu zu bewegen, hier auszuziehen, zog sie sogar ein Gespenst in Erwägung und sprach von einem bösen Geist. Ein Wort, das sonst nur eine Tirade über die Dummheit der Menschen und ihr größtes Laster – die Furcht – ausgelöst hätte, fasste nun zusammen, was sie empfand, wenn sie sich in Friedrichshain aufhielt. Verglichen mit ihr war ich zögerlich und zurückhaltend, und dass ich auch jetzt erst einmal abwarten wollte, was weiter geschah, konnte meine Mutter nicht überraschen. Aber ich spürte, dass sie es mir – auf Adrian bezogen – übelnahm. Sie war nicht nachtragend, aber auch nicht kompromissbereit. Sie hatte ihr Urteil gefällt und wartete nun darauf, dass ich zu dem gleichen Schluss käme.

Am nächsten Morgen klingelte Frau König bei mir. Sie war nur kurz aus ihrem Garten vorbeigekommen, um ihre Post zu holen, und hatte mir einen Strauß frischer Petersilie und Schnittlauch mitgebracht. Die Möbelpacker hatten schon in aller Frühe begonnen, die Wohnung von Anja und Tim auszuräumen. Jetzt hockten sie über uns auf der Galerie, tranken Bier und aßen belegte Brote.

»Schade, dass die Meineckes gehen«, sagte Frau König und nickte zur Decke hin. »Nun ist Ihr Adrian wieder das einzige Kind im Haus.« Sie war früher einmal Direktorin einer Grundschule gewesen und hatte auch jetzt, mit gut siebzig Jahren, eine zackige, autoritäre Ausstrahlung. Sie trug flache Schuhe, graue Bundfaltenhosen, eine rosafarbene Bluse, die ihr bis weit über den Po reichte, und eine ebenfalls graue Weste darüber. Ich legte die Kräuter auf der Kommode im Flur ab und überlegte, wie ich Frau König am besten nach den vorherigen Bewohnern meiner Wohnung fragen sollte. Ohne mir genau erklären zu können warum, hatte ich das Gefühl, dass sie mir ausweichen würde, wenn ich sie direkt darauf ansprach. Sie legte mir eine Hand auf den nackten Oberarm und sagte: »Wie ich höre, haben Sie und Ihr Mann sich getrennt?«

»Wir sind nicht verheiratet, aber es ist richtig, er wohnt nicht mehr hier.«

»Das tut mir Leid. Wenn Sie Hilfe brauchen, vielleicht auch mit Adrian, rufen Sie mich jederzeit an. Mit kleinen Kindern komme ich sehr gut zurecht.«

»Haben hier früher viele Kinder gelebt?«, fragte ich, ohne auf ihr Angebot einzugehen.

»Natürlich.« Ihre Hand lag immer noch auf meinem Arm. »Aber die Bewohner sind mit dem Haus gealtert. Jetzt ist es frisch saniert, wir leider nicht.« Ich konnte die Goldkronen auf ihren Backenzähnen sehen, als sie lächelte.

»Auch hier in der Wohnung?«, fragte ich. Sie zog ihre Hand endlich zurück und hob die grauen, schmal gezupften Augenbrauen. »Wie bitte?«

»Kinder. Haben hier auch Kinder gelebt?«

»Natürlich.«

»Viele?«

Sie verschränkte locker die Arme vor der Brust und neigte den Kopf zur Seite. »Zwei. Hans Wedekind wurde hier in der Wohnung geboren. Und dann sein Sohn, Marco, aber der ist im Krankenhaus zur Welt gekommen. Mittlerweile hat er sicher selber schon Kinder.«

»Und diese Familie, die Wedekinds, haben hier bis zu unserem Einzug gewohnt?«

Über uns räumten die Möbelpacker ihre Mahlzeit zusammen. Bierflaschen klirrten, und zwei Männer stapften die Treppe hinunter an uns vorbei.

»Wenn Sie sich für die Geschichte des Hauses interessieren«, sagte Frau König, »kommen Sie doch einfach mal wieder bei mir vorbei. Ich zeige Ihnen gerne meine Bücher.«

Sie streckte mir die Hand zum Abschied hin, ich nahm sie und hielt sie fest. »Jetzt gleich?«, fragte ich. Adrian tauchte neben mir auf. Meine Mutter hatte ihm seine Schuhe angezogen, hielt sich aber selber im Hintergrund. Ich hörte, wie sie die Küchentür schloss und anfing, den Frühstückstisch abzuräumen. Frau König entzog mir ihre Hand und strich meinem Sohn über die Haare. »Sie haben Besuch?«

»Meine Mutter, ja. Kann ich die Bücher jetzt sehen?«

»Muss Ihr Kleiner nicht in die Krippe?«

»Das hat Zeit«, sagte ich. Ich wollte sie nicht einfach gehen lassen, vielleicht würde ich sie wochenlang nicht mehr sehen, wenn sie jetzt wieder in ihren Garten fuhr. Sie zuckte mit den Schultern und lächelte mich offen an. »Im Moment passt es mir leider nicht, aber ich werde Ihnen die Bücher einfach bringen. Dann können Sie sie sich in Ruhe anschauen.«

Mir blieb nichts anderes übrig, als einzuwilligen und ihr noch mal für die Kräuter aus ihrem Garten zu danken. Ich hatte auf einmal das starke Gefühl, dass ich die Bücher nicht zu sehen bekommen würde.

Nachdem ich Adrian in die Kita gebracht hatte, fuhr ich mit dem Fahrstuhl in den sechsten Stock und klingelte bei Frau König. Sie öffnete nicht. Als ich es noch einmal versuchte, trat Frau Urban aus der gegenüberliegenden Wohnung auf die Galerie. Seit sie mich bei den Europa-Wahlen im April vor dem Wahllokal abgefangen und regelrecht bedrängt hatte, die Linke zu wählen, hatte ich ihr gegenüber ein unangenehmes Gefühl.

»Ist Frau König schon wieder in ihrem Garten?«, fragte ich.

Sie nickte bedächtig. Mir fiel auf, dass sie den gleichen türkisfarbenen Morgenmantel wie Frau Korzinka aus dem dritten Stock trug und ihn genau wie sie mit einer Hand über der Brust zusammenhielt.

»Schade, dass ich sie nicht mehr erwischt habe«, sagte ich. »Aber vielleicht können Sie mir ja weiterhelfen?« Frau Urbans Gesicht blieb so unbewegt, dass es aussah, als hätte sie mich gar nicht gehört. Vielleicht war sie auch immer noch darüber verärgert, dass ich ihr erst klipp und klar meine Meinung zu ihrem Werbungsversuch gesagt und mich dann im Wahllokal über sie beschwert hatte. Trotzdem fuhr ich fort: »Erinnern Sie sich an die Leute, die vor mir in meiner Wohnung gelebt haben?«

»Welche Etage?«, fragte sie, obwohl ich sicher war, dass sie es wusste.

»Zweiter Stock, rechts.«

»Oh, zum Park hinaus. So wie ich.« Sie hielt sich am Türrahmen fest. Vielleicht war sie betrunken. »Kaum Licht, viel Ruhe.«

»Erinnern Sie sich?«

»Warum fragen Sie?«

Ich sah, dass sie ihre Lippen geschminkt hatte, aber ihr Gesicht war faltig und grau, ihr ungewaschenes, weißes Haar hatte einen butterigen Gelbstich. »Ich interessiere mich für die Wedekinds«, sagte ich. »Hans Wedekind hieß der Junge, sein Sohn Marco.«

»Die sind alle nicht mehr«, sagte sie und trat einen Schritt in die Wohnung zurück.

»Sie sind tot?«

Sie schloss die Tür und reagierte nicht auf mein Klingeln.

Meine Mutter saß geduscht und geschminkt an meinem Schreibtisch und sah sich im Internet Wohnungsangebote in Charlottenburg und Umgebung an.

Für meine Mutter war Berlin immer noch eine geteilte Stadt. Wenn ich sie fragte, ob sie Lust zu einem Spaziergang oder Cafébesuch habe, sagte sie: »Ja. Aber lass uns bitte nach drüben fahren.« Sobald wir in Charlottenburg oder am Wannsee aus dem Auto stiegen, atmete sie auf. Sie war gebürtige Erfurterin und hatte bis zu ihrem elften Lebensjahr dort gelebt. Wenige Wochen vor dem Mauerbau war sie mit ihren Eltern nach Berlin gefahren, ein kleiner Tagesausflug, hatte ihre Mutter gesagt. Der Vater, ein Ingenieur, der für den Ausbau von Straßen und Brücken im ganzen Land mitverantwortlich war, habe einen beruflichen Termin in der Hauptstadt. Meine Mutter hatte gerade eine schwere Blutvergiftung nur knapp überlebt, sie war noch etwas wackelig auf den Beinen und trug das geflochtene Picknickkörbchen, das sie zum Trost geschenkt bekommen hatte, in einer Hand. Die andere hatte sie auf den Unterarm ihrer Mutter gelegt. Im Körbchen lagen ein Märchenbuch und ihr Butzi, ein Teddybär aus weicher Wolle, den ihre Mutter gestrickt hatte. Sie hatten sich schön gemacht für den Hauptstadtbesuch, der Vater im Anzug, die Mutter im Kostüm und mit einem kleinen, blauen Hut, der keck auf ihren rötlichen Locken saß, der Tochter hatte sie das Haar zu zwei langen braunen Zöpfen geflochten, sie trug ein leichtes rotes Sommerkleid, ein Strickjäckchen und die neuen Schnallenschuhe, die eine Tante aus dem Westen ihr zum elften Geburtstag geschickt hatte. Sie stiegen in die S-Bahn, meine Mutter war noch nie in Berlin gewesen, lehnte die Wange gegen die vibrierende Scheibe, sah die sommerliche Stadt an den Fenstern vorbeifliegen und die Beine ihrer Mutter, die sich darin spiegelten. Normalerweise trug die Mutter ihre eleganten, hochhackigen Pumps zu diesem Kostüm, jetzt hatte sie die flachen, bequemen Schuhe an, die sie bei ihrer Arbeit in den Städtischen Kliniken immer trug. Sie war Krankenschwester und hatte kräftige, gepflegte Hände mit kurzgeschnittenen, sauber geschrubbten Fingernägeln. Nun waren die Hände im Schoß gefaltet, nur der rechte Zeigefinger bewegte sich, tickte auf den Handrücken, der Vater legte seine Hand darüber, bedeckte den tickenden Finger, meine Mutter verstand die Berührung als Zärtlichkeit und sah wieder zum Fenster hinaus, vielleicht ein wenig verlegen. Die S-Bahn wurde langsamer, fuhr in einen Bahnhof ein, die geschrubbten Hände entfalteten sich, griffen nach meiner Mutter, rissen sie vom Fenster weg, vom Sitz hoch, das Körbchen fiel zu Boden, der Deckel öffnete sich und Butzis Arm schaute heraus, als würde er ihr noch einmal zuwinken. Sie sprangen aus der S-Bahn und rannten. Meine Mutter hätte ihren Eltern nie etwas entgegengesetzt, aber sie wollte ihren Korb wiederhaben, ihren Butzi, sie weinte und wehrte sich. Zu schreien wagte sie nicht.

Am Morgen hatte sie noch ihre drei Katzen und die Kaninchen gefüttert und war stolz in ihre neuen Schuhe geschlüpft, am Nachmittag saß sie auf einer Pritsche im Flüchtlingslager Marienfelde in Westberlin.

Meine ganze Kindheit lang hatte meine Mutter die

Stofftiere und Puppen, die meinem Bruder und mir gehörten, zärtlich bewacht, gepflegt und gehütet. Hatten wir eines verloren oder bei einem Spielkameraden vergessen, war es für sie nie zu spät, sich auf die Suche zu machen oder noch einmal zurückzufahren, um den Verlorenen einzusammeln und sicher nach Hause zu bringen. Sie war sonst eher ein ungeduldiger Mensch, aber wenn wir ein Spielzeug vermissten, hatte sie auf einmal alle Zeit der Welt und gab nicht eher Ruhe, als bis es wohlbehalten wieder zurück war. Sie selbst besaß aus ihrer Kindheit nur einen hässlichen, abgeliebten alten Teddybären, dessen Ohren und Schnauze aus hautfarbenem Gummi waren, seine Tatzen waren mehrfach geflickt. Sie sagte immer, dass er aus Amerika komme. Dort sähen Teddybären so aus. Tatsächlich war er aus Westberlin, im Flüchtlingslager hatte man ihr ihn als Ersatz für Butzi geschenkt, von dessen Existenz und Geschichte ich allerdings erst erfuhr, als ich längst erwachsen und ausgezogen war. Die Flucht aus der DDR war eines der bestgehüteten Geheimnisse in der Familie meiner Mutter gewesen, für mich stammte sie wie mein Vater aus Lübeck, und als ich sie einmal fragte, warum sie mir Erfurt so lange verschwiegen habe, sagte sie nur: »Das hat doch keine Bedeutung, das ist lange her. Unser Leben hat erst hier begonnen.«

Bis heute sprach sie nicht gerne davon, und wenn

doch, auf eine sehr nüchterne, distanzierte Weise. Leidenschaftlich betonte sie immer nur die unerschöpfliche Energie ihrer Eltern, mit der sie sich aus dem Nichts eine neue Existenz aufgebaut hätten. »In Erfurt waren wir angesehene Leute, wir hatten ein eigenes Haus«, sagte sie, »und plötzlich sind wir Bittsteller gewesen. Wir haben Kleiderspenden vom Roten Kreuz bekommen und ein bisschen Geld dafür, dass meine Mutter im Lager Toiletten geputzt hat. Mein Vater galt als Geheimnisträger und wurde täglich von den Amerikanern verhört. Aber wir haben uns nicht beklagt. Wir haben nicht aufgegeben.« Mich schüchterten solche Worte immer ein wenig ein. Ich dachte dann, dass ich wirklich keinen Grund hätte, mich zu beklagen und hoffte, dass etwas von ihrer Energie und Zuversicht sich auch an mich vererbt hatte. Es gab Momente, in denen ich zu spüren glaubte, wie beides prickelnd durch meine Adern floss. Nie aufgeben, weitermachen, die Zeit nicht mit Klagen verschwenden und dabei immer Adrians Stofffrosch im Auge behalten, das heißgeliebte Tierchen nur nirgendwo liegenlassen und nicht zu gerührt darauf reagieren, wenn meine Mutter plötzlich neben mir stehen blieb und zur Hochbrücke schaute, über die ein Zug donnerte. »Da fährt mein Butzi jetzt mit«, sagte sie, nickte und ging weiter. Und ich sagte nicht, dass wir gerade eine U-Bahn und keine

S-Bahn gesehen hatten. Ich sagte gar nichts. Was verloren ist, ist verloren und kommt nicht zurück. So war es auch mit Leander. Abgehakt. Sei doch froh, dass er sich nicht blicken lässt, meinte meine Mutter. Aber dann bemerkte sie auch, dass Adrian ihn vermisste und holte alles herbei, was sein Vater ihm je geschenkt hatte. Jedes einzelne Spielzeugauto, jeden kleinen Teddy, den er von seinen beruflichen Reisen mitgebracht hatte. Ein Kamel aus Dubai, ein Puzzle aus Pakistan, ein Hologramm, auf dem die Zwillingstürme des World Trade Center auftauchten und verschwanden, ein Krokodil, das klapperte, wenn man es hinter sich herzog – woher es kam, wusste ich nicht mehr – und ein T-Shirt mit einem Stachelschwein, das aus Jerusalem stammte.

Ich hatte meine Mutter im Schlafzimmer einquartiert und schlief selbst auf der Matratze neben Adrians Bettchen. Manchmal hörte ich, wie spät am Abend ihr Handy zu läuten begann, dann war mein Vater eben erst von einem Geschäftstermin wiedergekommen und rief sie an. Sie konnten sich stundenlang unterhalten, oft bis in den Morgen hinein.

Leander und ich hatten uns am Ende kaum noch etwas zu sagen gehabt. Angst, dachte ich eines Abends. Das Wort kam mir plötzlich in den Sinn, wie ein sperriger Gegenstand blockierte es meine Gedanken. Ich hatte keine Angst, aber ich konnte sie sehen, abtasten, alles drehte sich auf einmal um dieses Wort.

Mit dem Umzug nach Berlin hatten Leander und ich begonnen, jeder sein eigenes Leben zu leben. Manchmal hatten wir uns angeschrien, wie aus dem Nichts war ein unbändiger Zorn aufgetaucht, der sich wie Gas in der Wohnung ausbreitete und plötzlich an einer Kleinigkeit entzündete. Dann wieder versicherten wir uns gegenseitig, wie bereichernd wir füreinander seien, Unterschiede machten das Leben bunt und nicht kompliziert, als handelte es sich bei unserer Liebe um eine Art politisches Multikultiprojekt. Ein gelungenes Zusammenleben ist, so glaubten wir, wenn man sich aus dem Weg geht, anstatt einander die Köpfe einzuschlagen. Dabei gibt es nichts Schwereres, als die Andersartigkeit des anderen ertragen zu können, besonders dann, wenn der andere selbst unter seiner Andersartigkeit zu leiden beginnt. Was einen Menschen einmal besonders und einzigartig gemacht hat, wird auf einmal zu einem Indiz dafür, dass er für ein Leben in dieser Welt ungeeignet ist.

Im Grunde genommen war jeder Mann, mit dem ich vor Leander zusammen gewesen war, ängstlich gewesen. Nur von ihm hatte ich immer geglaubt, dass er keine Angst hätte. Aber jetzt dachte ich, dass er sich vielleicht doch vor etwas fürchtete: Nämlich davor, dass die Welt sich auch ohne ihn drehte, unberührt von seinen Rettungsversuchen, dass er keinen Einfluss nehmen konnte auf ihr und unser Geschick. Was ich anfangs so an ihm geliebt hatte, wendete sich nun gegen ihn.

Nach der Trennung fühlte ich mich befreit. Als wir uns kennengelernt hatten, hatten wir uns angesehen und einander sofort geliebt. Über alle Unterschiede und Differenzen hinweg. Wir hatten uns angefasst, es war völlig neu und gleichzeitig so vertraut gewesen, dass kein Platz für Unsicherheit oder Scham war. Wenn wir uns anfangs trafen, umarmten wir uns und konnten uns kaum wieder loslassen, wir hielten einander ständig die Hand oder gingen so dicht nebeneinander, dass wir wie ein Körper waren. An uns kam niemand vorbei, aber wir kamen gemeinsam überall durch. So hat es sich angefühlt, bis ich mich zu fürchten begann. So ein Glück, so eine Liebe, dachte ich, kann nicht von Dauer sein. So viel Nähe wird irgendwann erdrückend oder löst sich auf. Und wenn das passierte, würde ich etwas verloren haben, was man im Leben nur einmal erlebt. Ich hatte solche Angst, Leander zu verlieren, dass es mich beinahe krank machte. Merkwürdig, dass am Ende ich es gewesen bin, die sich von ihm getrennt hat. Und dass es sich anfühlte, als hätte jemand etwas aus mir herausgerissen, mit aller Gewalt, es schmerzte, aber es war auch Raum für etwas Neues entstanden. Mein Blut floss wieder ungehindert durch meine Adern, mein Brustkorb hob und senkte sich mühelos, von nichts mehr belastet, wenn ich morgens die Augen aufschlug, waren meine Lider nicht mehr schwer wie Blei. Angst, dachte ich, während ich auf der Matratze neben Adrians Bett lag und der Stimme meiner Mutter lauschte, die immer noch mit meinem Vater sprach. Ihre Anwesenheit beruhigte mich und lenkte mich ab, gleichzeitig ließ sie mich immer wieder an die Familie denken, die hier vor mir gelebt hatte. Ich versuchte, mir das Leben der Wedekinds vorzustellen und ihren Alltag mit meinem zu vergleichen. Dabei waren es oft ganz banale Dinge, die mich beschäftigten. Wenn ich mit meiner Mutter und Adrian zu Abend aß, fragte ich mich, zu wievielen sie hier in der Küche gesessen oder ob sie an einem Tisch im Wohnzimmer zu Abend gegessen hatten. Wo hatten sie ihre Wäsche getrocknet? An welchem Fenster hatten sie am liebsten gestanden, hatten sie wie ich in den Park hinausgeschaut und das Gefühl gehabt, in einer Art Baumhaus zu sein? Ihr Leben kam mir so fremd und so weit entfernt vor wie das, was meine Eltern aus ihrer Kindheit erzählten. Wenn ich über die Wedekinds nachdachte, hatte ich oft das Gefühl, eine Art Stummfilm zu sehen. Menschen in Schwarzweiß, die sich seltsam zackig und abgehackt zwischen Requisiten bewegten, eine Mimik, die so ausgeprägt war, dass sie sich manchmal zur Grimasse verzerrte, aber kein Ton. Kein Wort. Ich fragte mich, wovor sich die Menschen, die vor mir in dieser Wohnung gelebt hatten, wohl am meisten gefürchtet hatten. Und musste mit einem Mal an die komische Frau denken.

5

An einem Nachmittag traf ich mich mit Anja Meinecke. Am Tag ihres Umzugs hatte sie mir einen Zettel mit ihrer E-Mail-Adresse in den Postkasten gesteckt, ihre neue Telefonnummer und Adresse standen nicht darauf. Wir hatten uns im Café Ehrenburg an der Karl-Marx-Allee verabredet, auf meinen Wunsch, ihre neue Wohnung zu sehen, war sie nicht eingegangen. So ordentlich wie sie ist, dachte ich, glaubt sie vielleicht, mich in kein Zimmer lassen zu können, in dem unausgepackte Umzugskartons stehen und die Gardinen noch nicht aufgehängt sind. Meine Mutter holte Adrian von der Kita ab und wollte mit ihm nach Charlottenburg in den Zoo fahren. Ich freute mich über den freien Nachmittag und darauf, Anja wiederzusehen. Als ich ins Café kam, war sie noch nicht da, aber gerade, als ich mich setzen wollte, sah ich sie mit dem Kinderwagen zwischen den Bäumen auf und ab gehen. Ich winkte ihr zu, und sie winkte mich zu sich heran. Es entstand ein kurzer Moment der Verlegenheit, als wir einander gegenüberstanden. Sollten wir uns umarmen oder nicht? Mit Küsschen auf beide Wangen begrüßen? Aus dem Kinderwagen war ein leises Knurren zu hören, wie von einem kleinen Tier, und Anja setzte sich sofort wieder in Bewegung, schob ihren Sohn die Allee hinunter auf den Alexanderplatz zu. Die kurze Unsicherheit war verflogen, ich folgte ihr, sie sah mich von der Seite an, wir tauschten ein Lächeln. Immer schön in Bewegung bleiben. Vor allem, wenn das Kind gerade schläft.

»Die Nächte sind im Moment wieder schrecklich«, sagte sie. »Ich bin froh, wenn er jetzt ein bisschen schläft. Dann können wir uns wenigstens ungestört unterhalten. Macht es dir etwas aus, wenn wir nicht ins Ehrenburg gehen? Als ich eben davorstand, habe ich auf einmal gemerkt, dass es mir immer noch zu nah dran ist.«

»Woran?«, fragte ich automatisch, im gleichen Moment fiel mir Kaltental wieder ein.

»An unserem alten Zuhause«, erwiderte sie und begann den Kinderwagen nun auch noch zu schaukeln, sie schob und ruckelte gleichzeitig. Sie schien meinen Blick zu bemerken, denn sie presste die Lippen fest aufeinander und hörte damit auf. Es wirkte, als müsste sie sich dazu zwingen.

»Alles okay?«, fragte ich.

Sie lächelte. »Ja. Von den Nächten natürlich abgesehen.« Wir sprachen eine Weile von unseren Kindern, ihren Ess- und Schlafgewohnheiten, sie suchte nach einer passenden Kita für ihren Sohn. Anfang des kommenden Jahres wollte sie wieder zu arbeiten anfangen. Sie war so etwas wie die Vorsteherin eines Callcenters, in dem man sich rund um die Uhr um die Geschäftskunden einer deutschen Bank kümmerte. Ich empfahl ihr die Kita, in die Adrian ging, aber sie meinte, die sei ihr zu »ostig«.

»Nur von außen«, sagte ich. »Na gut, innen könnte auch mal wieder renoviert werden. Aber die Erzieherinnen sind alle jung und in Ordnung. Und das Konzept …«

Sie unterbrach mich mit einem Kopfschütteln. »Ich will, dass Janosch anders aufwächst als ich. Ich dachte an einen Waldorf-Kindergarten oder Montesesuri.«

»Montessori«, verbesserte ich sie automatisch. Sie nickte nur. »Ist mir egal, ob das am Ende wirklich die bessere Wahl ist, wichtig ist für mich nur …« Sie neigte den Kopf, wodurch sich ein leichtes Doppelkinn bildete und lächelte wieder. »… dass sich die Geschichte nicht wiederholt.«

»Welche Geschichte?«

»Ach, nichts. Das habe ich nur so gesagt. Wie geht es dir denn?«

Ich erzählte ihr ein wenig von meiner Arbeit, dass meine Mutter zu Besuch war, von Leander und mir. Sie fragte nicht nach Frau König und hörte mir nur mit halbem Ohr zu, was ich ihr nicht übelnehmen konnte, mein Gerede langweilte mich selbst. Gleichzeitig tat es mir auf einmal auch Leid, meinen freien Nachmittag damit zu verbringen, die Karl-Marx-Allee entlangzuwandern. Wir waren schon am Straußberger Platz und dem Kino International vorbei, bald würden wir den Alexanderplatz erreichen. Ich hatte Lust auf einen Kaffee, aber dort gab es nur schmierige Läden und das künstlich beleuchtete Restaurant im obersten Geschoss des Kaufhauses. Plötzlich drehte Anja um. »Ich muss in einer halben Stunde wieder zu Hause sein«, sagte sie. Ich war ein wenig verwirrt, auch verärgert, versuchte aber, es mir nicht anmerken zu lassen. »Schade. Ich dachte, wir hätten ein bisschen mehr Zeit.«

Sie zuckte mit den Schultern.

»Wo wohnt ihr denn jetzt eigentlich?«, fragte ich.

»Wenn alles eingerichtet ist, sage ich dir Bescheid«, erwiderte sie. »Wir wollen auch eine kleine Einweihungsfête geben. Nachmittags natürlich, wenn Janosch nicht schläft. Wenn du Lust hast, kannst du mit Adrian kommen.«

Mit einem Mal wirkte sie abweisend, geradezu kühl, und ich überlegte, ob ich irgendetwas Falsches gesagt hatte. Mir fiel nichts ein. Eine Weile gingen wir schweigend nebeneinander her. Dann sagte Anja: »Eine Prachtstraße ist das auch wirklich nur, wenn man nicht genau hinschaut.«

»Ich finde es hier eigentlich ganz schön«, sagte ich, in den letzten Tagen daran gewöhnt, meiner Mutter Kontra zu geben, wenn sie über meine Wohngegend herzog.

»Aber die Geschäfte«, sagte Anja. »Hier gibt es keinen einzigen schönen Laden.« Wir gingen an einem Sanitätshaus und einem Backshop vorbei. Auf der anderen Straßenseite waren eine Reinigung und ein kleiner Kiosk nebeneinander in den prächtigen Ladenlokalen untergebracht. »Alles trist, alles ärmlich und lieblos«, sagte sie.

»War das früher anders?«, fragte ich.

»Wie soll ich mich daran erinnern? Das ist lange her.« Nach einer Weile fügte sie, wieder achselzuckend, hinzu: »Aber ich glaube, es hat noch viel schlimmer als jetzt ausgesehen. War ja nichts saniert und im Winter hat es erbärmlich nach Kohle gestunken.«

»Wurden die Stalinbauten auch mit Kohle geheizt?«

»Die was? Ach, die Häuser.« Sie nickte zu den strahlend hellen Fassaden hoch. »Bestimmt mit Gas. Wie die Platten. Aber alle anderen hatten Kohle. In dem Haus, in dem ich aufgewachsen bin, gab es sogar noch ein Außenklo. Nachher haben wir uns eines auf dem Treppenabsatz mit zwei Nachbarfamilien geteilt. Für dich klingt das wahrscheinlich, als würde dir deine Oma aus ihrer Kindheit erzählen.« Sie sah mich nicht an, lächelte aber wieder, ich fasste mir ein Herz und fragte: »Und was war mit Kaltental?«

Sie blieb stehen, warf einen Blick auf ihr schlafendes Kind und sah mich dann herausfordernd an. »Das wolltest du schon die ganze Zeit fragen, oder?« Ich nutzte die Gelegenheit, mir eine Zigarette anzuzünden. Ich rauchte nicht gerne im Gehen, hatte aber Nikotin jetzt dringend nötig. »Ich habe darüber nachgedacht«, gab ich zu.

»Und dann bist du zu dem Schluss gekommen, dass da mehr sein muss als nur die grundsätzliche Abneigung der neuen Generation gegen die Vertreter des alten Kaders.«

Ich drehte den Kopf zur Seite, um ihr den Rauch nicht ins Gesicht zu blasen. Ein leichter Wind blies ihn direkt unters Kinderwagenverdeck. Anja achtete nicht darauf.

»Ich dachte, dass es etwas Persönliches sein muss«, sagte ich und sah sie an. Sie erwiderte meinen Blick freundlich, vielleicht auch etwas mitleidig. Letzteres konnte ich mir nicht richtig erklären. »Was hat Kaltental dir getan?«

»Hellweg. Er heißt Heiner Hellweg.«

»Was hat er gemacht?«

»Außer, dass er mir einen gehörigen Schrecken eingejagt hat? Nichts.« Obwohl Janosch keinen Mucks von sich gegeben hatte, setzte sie sich mit einem Ruck wieder in Bewegung und schob den Kinderwagen entschlossen zwischen den Bäumen hindurch die Allee entlang. Ich nahm noch einen tiefen Zug von der Zigarette, ließ sie fallen und ging Anja nach. Als ich sie eingeholt hatte, musste ich krampfartig husten, was Janosch mit einem erschrockenen Quieken quittierte. Aber dann entschloss er sich doch, seinen zu kurz gekommenen Nachtschlaf weiter nachzuholen. Oder sich für die kommende Nacht kräftig auszuschlafen. Ich räusperte mich.

»Allergie?«, fragte Anja. »Dieses Jahr ist es mit den Pollen besonders schlimm.«

»Teer«, antwortete ich. »Wie hat er dir Angst gemacht?«

Sie blies sich eine Haarsträhne aus dem Gesicht. »Ich weiß nicht, ob du das verstehen würdest.«

»Erklär's mir.«

Sie lachte leise. Die Haarsträhne war ihr wieder in die Augen gefallen, sie schob sie mit einer entschiedenen Handbewegung zurück und legte kurz den Kopf in den Nacken. Ich musste an meinen Großvater denken, der sich den Finger mit Spucke befeuchtet und die Haare auf seinen kahlen Schädel gestrichen hatte, wenn der Wind zu stark war und die letzten, wenigen übergekämmten Haarsträhnen zu verrutschen drohten.

»Wo hast du gelebt, als du zehn warst?«, fragte Anja.

»In der Nähe von Hamburg. In einem Kaff, das sich Stadt nannte. Aber mit zehn habe ich mich daran noch nicht gestört.«

»Woran erinnerst du dich?«

Ich dachte einen Augenblick nach. Wir gingen an einem Küchenstudio vorbei, in dem ich noch nie jemanden gesehen hatte, nicht einmal einen Verkäufer. Auch jetzt war der Laden, der sich über zwei Etagen erstreckte, leer. In wenigen Minuten würden wir das Ehrenburg wieder erreicht haben. Ich hatte das Gefühl, dass unsere Unterhaltung dort zu Ende sein würde. Ich wollte die richtige Antwort geben und kam mir ein bisschen so vor wie nach der Verabredung mit einem Jungen, der einen pflichtschuldig noch nach Hause bringt und den man danach nie wiedersehen wird. Auf den letzten paar Metern will man alles versuchen, damit sich das Blatt doch noch wendet, aber als man vor der Haustür steht, ist einem immer noch nichts eingefallen. »Unser Haus«, sagte ich. »Das könnte ich dir genau beschreiben. Mein Bruder und ich haben uns damals noch ein Zimmer geteilt, unsere Betten waren mit den Kopfenden aneinandergestellt, und bevor wir einschliefen, haben wir uns immer noch unterhalten. Ich konnte seine Stimme hören und das Rascheln des Bettzeugs, wenn er sich bewegt hat, aber gesehen habe ich nur das hell gemaserte Holz. Manchmal bin ich plötzlich aufgesprungen, habe mich über das Kopfende gebeugt und ihn erschreckt. Oder ihm einen Kuss auf die Wange gegeben. Je nachdem.«

»Älter oder jünger?«, fragte Anja.

»Er ist zwei Jahre jünger.«

»Kannst du dich an deine Schule erinnern?«

»Klar. Aber worauf willst du hinaus?«

»Bist du gerne zur Schule gegangen?«

»Nicht besonders.«

Sie zog die Augenbrauen hoch, schien überrascht. »Warum nicht?«

»Keine Ahnung. Ich habe auch nicht gerne studiert. Vielleicht mag ich es nicht, wenn mir jemand einen Zeitplan vorgeben will und behauptet zu wissen, was in meinen Kopf soll und was besser nicht. Ich arbeite lieber für mich allein.«

»Wie kommst du dann mit deinem Kleinen zurecht?«, fragte sie und sah mich wieder von der Seite an. Jetzt war ich überrascht. »Das ist doch etwas völlig anderes.«

»Warum? Schreibt er dir keinen Zeitplan vor? Richtet sich nicht alles nach ihm?«

»Doch. Aber ihn liebe ich. Es macht Sinn, sich um ihn zu kümmern. Er braucht mich. Mein Mathelehrer hat mich nicht gebraucht. Und umgekehrt.« Ich lachte unsicher. »Ich verstehe nur nicht … Was hat das mit Ka … mit Heiner Hellweg zu tun?«

»Ihr seid immer alle so ungeduldig, habt nicht gelernt zu warten.«

»Wir Wessis?«, fragte ich nun etwas gereizt. Wir standen an der Straße der Pariser Kommune, die Fußgängerampel war rot, sie schaukelte den Kinderwagen. Wir hatten das Ehrenburg fast erreicht.

»Ich bin gerne zur Schule gegangen«, sagte Anja. »Gleich hier um die Ecke, ein paar Straßen in Richtung Ostbahnhof. Ich war gut. Eigentlich in allen Fächern. Auch sehr sportlich, ich weiß, das sieht man mir jetzt nicht mehr an.« Sie sah an sich herab, ich ging nicht darauf ein. Die Ampel wurde grün, wir überquerten die Straße. »Aber wenn du mich fragst, woran ich mich genau erinnere: An den Jungen, in den ich mich mit zehn verliebt habe. Er war schon zwölf, wunderschön und auch, wenn er meine Liebesbekundungen als kindisch abtat, war er sehr freundlich und süß zu mir. Er schenkte mir ein Buch. ›Die unendliche Geschichte‹ von Michael Ende. Kennst du das?«

»Klar.«

»Ich kannte es nicht. Er hatte es eingeschmuggelt. Seine Eltern hatten ihm gesagt, dass er keine Kassetten und keine Bücher mit hierher nehmen dürfe, aber er hat es trotzdem gemacht. Vielleicht hat er es mir auch geschenkt, weil er Angst hatte, dass man ihn bei der Ausreise doch noch erwischen könnte. Er erzählte mir Schauergeschichten über die Grenzbeamten der DDR, die ihn und seine Eltern mit Maschinengewehren bedroht und ihr ganzes Auto auseinandergenommen hätten. Alle wurden voneinander getrennt und befragt, aber das Buch hatte keiner gefunden. Ich weiß immer noch nicht, ob das wirklich so war.«

»Schon«, sagte ich. Sie sah mich an. Ich schüttelte schnell den Kopf, ich wollte nicht wieder vom Thema abkommen.

»Er kam aus dem Westen«, sagte ich. Sie nickte. »Wann war das?«, fragte ich, aber die Erinnerung war plötzlich da. Es war während eines Tagesausfluges passiert, den ich mit meinen Großeltern einmal in die DDR gemacht hatte. Ich war sieben oder acht Jahre alt gewesen. Wir fuhren morgens in aller Frühe zum Busbahnhof, wir hatten fast kein Gepäck, nur ein bisschen Proviant, meine Puppe und nichts zu lesen. Den Walkman, den ich zum Geburtstag geschenkt bekommen hatte, durfte ich nicht mitnehmen, und ich weiß noch, wie besorgt ich darüber war, dass ich mich vermutlich zu Tode langweilen würde. Im Reisebus saß ich neben meiner Großmutter, mein Großvater neben ihr, zwischen den beiden der Gang. Wir waren mitten in der Nacht aufgestanden, um rechtzeitig am Busbahnhof zu sein. Ich wollte wach bleiben, war neugierig auf die Grenze, die Kontrollen, von denen ich schon einiges gehört hatte, das alles erschien mir das einzig Reizvolle an diesem Ausflug zu sein, der Rest interessierte mich nicht. Aber sobald ich im Bus saß, schlief ich ein. Ich erwachte erst wieder, als meine Großmutter aufstand und einem uniformierten Mann, den ich nur von hinten sah, den Gang hinunter folgte. Sie stiegen aus dem Bus. Durch das Fenster sah ich die beiden in einem grauen, fensterlosen Flachbau verschwinden. Mein Großvater beugte sich zu mir herüber, den Finger auf die Lippen gelegt, flüsterte er: »Grenze. Keine Sorge, sie ist gleich zurück. Am besten schläfst du einfach weiter.« Einen Augenblick später wurde auch er aus dem Bus geholt. Er ging ohne ein Wort des Widerspruchs und ohne mich noch einmal anzusehen. Letzteres regte mich am meisten auf, allerdings hielt mich irgendetwas davon ab, ihm nachzulaufen oder zu schreien. Ich begann still zu weinen und starrte zum Fenster hinaus. Meinen Großvater konnte ich nicht sehen. Er musste zu einem anderen Gebäude geführt worden sein. Eine dicke Frau, die nach

Mettwurst und Kölnisch Wasser roch, setzte sich neben mich und streichelte meine Schulter, was mich noch nervöser machte. Dazu kam so etwas wie Scham. Ich war auf einmal sicher, dass außer meinen Großeltern niemand aus dem Bus geholt worden war und dass alle ungeduldig auf ihre Rückkehr warteten. Wir wollten nach Erfurt. Damals hatte ich noch keine Ahnung, dass es sich um die Heimatstadt meiner Großeltern handelte und dass auch meine Mutter dort geboren und aufgewachsen war. Von der DDR wusste ich nicht viel mehr, als dass sie gleich hinter dem Haus meiner Großeltern begann. Man musste nur ein paar Schritte durch die Schrebergärten in den Wald hinein gehen, dann hatte man die grüne Grenze erreicht. Angeblich wurde man erschossen, wenn man sie überschritt. Mein Bruder und ich hatten uns manchmal ausgemalt, was passieren würde, wenn wir es doch einmal versuchten. Wir wollten auf unseren Fahrrädern los und im Zweifel mit den weißen Taschentüchern winken, die wir zu diesem Zweck aus Großmutters Nachttischschublade genommen hatten. Tut uns nichts, wir sind Kinder!, würden wir schreien und waren sicher, dass niemand auf ein Kind schießen würde. Versucht haben wir es aber dann doch nie.

Die Taschentücher meiner Großmutter hatten auch immer nach Kölnisch Wasser gerochen, so wie die dicke Frau, die im Bus neben mir saß, mich zu beruhigen versuchte, meine Tränen mit dem Zipfel ihrer riesigen, bunten Bluse abtupfte und dabei selber immer nervöser zu werden schien. Der ganze Bus geriet nach und nach in Aufruhr, Ärger und Ungeduld machten sich breit. Leute standen auf und wurden vom Reiseleiter gebeten, sich wieder zu setzen. Die dicke Frau musste auf einmal dringend aufs Klo, und ein Mann übergab sich. Der beißend saure Geruch breitete sich im Bus aus, in dem es immer wärmer wurde. Ich weinte nicht mehr und hatte keine Ahnung, wieviel Zeit mittlerweile vergangen war. Aber ich spürte, dass etwas nicht stimmte, dass etwas ganz und gar nicht nach Plan lief. Und ich fragte mich zum ersten Mal wirklich, was das für ein Land war, an dessen Grenze ich in einem Bus mit lauter ungeduldigen Fremden festsaß, und ob die Möglichkeit bestand, dass meine Großeltern nie mehr zurückkehren würden. Konnte es helfen, wenn ich aus dem Bus stieg und darum bat, zu meinen Großeltern gebracht zu werden? Konnten sie einem Kind etwas abschlagen? Ich fuhr mit der Hand in meine Hosentasche, erst in die linke, in der rechten wurde ich fündig. Meine Großmutter hatte mir natürlich ein sauberes Stofftaschentuch hineingesteckt. Nur war es nicht weiß, sondern rot, und am Rand braun-blau gestreift.

»Es war im Frühjahr 1989«, sagte Anja. »Seine Eltern

waren entfernt mit meinem Stiefvater verwandt. Es war das einzige Mal, dass sie uns besucht haben.«

Wir gingen am Café Ehrenburg vorbei. Ich schob die Hände in die Hosentaschen, meine Fingerspitzen berührten ein zusammengeknülltes, hartes Papiertaschentuch, das schon mindestens einmal mitgewaschen worden war. Tempotaschentücher, dachte ich. Alle anderen zerfasern in der Waschmaschine. Abgesehen von Stofftaschentüchern natürlich. Ich hatte ganz lange keins mehr in der Hand gehabt oder jemanden eines benutzen sehen.

»Und weiter?«, fragte ich.

»Er reiste wieder ab. Und ich wusste nicht, wen ich mehr lieben sollte: ihn oder den Mann, der dieses großartige Buch geschrieben hatte. Von dem Jungen erzählte ich keinem. Meine Mutter hatte mir eingebläut, so wenig wie möglich, also gar nichts von unserem Westbesuch zu erzählen. Obwohl es ohnehin jeder wusste, meine Schulkameraden fragten mich, was für Geschenke wir bekommen hätten. Ich erzählte weder vom Kaffee noch von der Cola oder der Barbie-Puppe, die ich abgestaubt hatte. Aber von dem Buch. ›Die unendliche Geschichte‹ musste ich mit jemandem teilen. Ich lieh es meiner besten Freundin aus.« Sie seufzte, und fast schien es, als wäre ihre Geschichte damit beendet, aber dann nickte sie, als wollte sie sich selber

Mut machen und fuhr fort: »Es ist rausgekommen. Ich weiß immer noch nicht, ob es meine Freundin war oder ihre Eltern – die Mutter war eine stramme Genossin. Irgendwer hat mich auf jeden Fall angeschwärzt.« Jetzt schwieg sie doch und schob den Kinderwagen an einem Textildiscounter vorbei. Ich überlegte, wie ich sie dazu bewegen könnte, weiterzusprechen. Natürlich wusste ich, dass man in der DDR wegen der sonderbarsten Dinge in die Kritik oder sogar in ernste Schwierigkeiten hatte kommen können, aber was schlimm daran sein sollte, wenn eine Zehnjährige Michael Ende las, erschloss sich mir trotzdem nicht.

»Was ist dann passiert?«, fragte ich schließlich vorsichtig. Und, um nicht vollkommen naiv zu klingen, fügte ich schnell hinzu: »Hat Kaltental dich in die Mangel genommen?«

»Hellweg. Nein. Er war ausgesprochen freundlich zu mir. Alle, die sich mit ihm im Lehrerzimmer versammelt hatten, waren freundlich. Und hatten großes Verständnis für meine Neugierde und meine Verführbarkeit. Aber meine Eltern hatten sie im Visier. Angeblich hätten sie es versäumt, den Westbesuch ordnungsgemäß zu melden. Und noch einiges mehr, von dem ich nicht viel verstand. Auf jeden Fall haben sie mich dazu gebracht, meine Eltern ordentlich in die Scheiße zu reiten. Im ersten Moment habe ich das gar nicht richtig kapiert, ich dachte, ich helfe ihnen. Aber als ich entlassen wurde, war ich mir auf einmal sicher, dass man meine Eltern nun abholen würde. Wohin würde man sie bringen? Was würde aus mir werden? Ich bin dann nach Hause gegangen. Ich habe mit ihnen zu Abend gegessen und mich nicht getraut, auch nur ein Wort darüber zu sagen, was in der Schule vorgefallen war. Und hatte die ganze Zeit Angst, dass es im nächsten Augenblick klingeln würde und Hellweg vor der Tür stünde, um meine Eltern zu holen.«

»Und?«, fragte ich.

Sie zuckte mit den Schultern. »Ich habe mich gefreut, als die Mauer fiel. Und die Stasiakten zerfetzt auf der Straße herumlagen. Ich war unglaublich erleichtert. Es war vorbei. Meine Eltern würden niemals davon erfahren, was ich über sie …« Sie schüttelte den Kopf. »Wenn sie deswegen Ärger hatten, haben sie es mir nicht erzählt. Und ich habe auch nicht danach gefragt. Aber dieses Gefühl …« Sie fasste sich mit einer Hand an die Brust, der Kinderwagen schlingerte ein wenig. »Dieses Gefühl, ein Verräter zu sein, bin ich nie mehr ganz losgeworden.«

»Und es war Hellweg …«

Sie unterbrach mich: »Letztendlich bin ich es gewesen. Aber er hat mich dazu gebracht. Das Beste aus mir herausgeholt, sozusagen.«

»Du warst erst zehn«, sagte ich.

»Alt genug, um zu wissen, wann man redet und wann man besser den Mund hält.«

Schweigend gingen wir am Frankfurter Tor vorbei. Jenseits der Warschauer Straße waren die Stalinbauten noch zum größten Teil unsaniert, die Fassaden bröckelten braun, waren mit Graffiti beschmiert, aus den Mosaiken waren Teile herausgebrochen, Kacheln fehlten und die Fenster sahen verrottet und undicht aus.

»Was ist aus dem Jungen geworden?«, fragte ich. »Hast du ihn noch einmal wiedergesehen?«

Sie blieb stehen, drückte die Schulterblätter zusammen und dehnte sich. »Den habe ich geheiratet.« Sie lächelte übers ganze Gesicht.

»Tim? Das ist nicht dein Ernst!« Auch ich strahlte jetzt, als handelte es sich bei ihrer Geschichte um ein Happy End, das mich persönlich betraf.

»Doch. Als ich sechzehn war, habe ich seine Adresse ausfindig gemacht und ihm geschrieben. Er schrieb zurück. Ein Jahr später hat er mich in Berlin besucht und meine Liebesbekundungen nicht mehr für kindisch gehalten. Seitdem sind wir ein Paar.«

Plötzlich beugte sie sich vor und legte ihren Kopf auf meine Schulter, sie lachte gegen meinen Hals, ich spürte Feuchtigkeit auf der Haut und umarmte Anja. Wir wiegten uns, als tanzten wir einen langsamen Walzer. Eine große Erleichterung breitete sich in mir aus. »Ist das wahr?«, fragte ich immer wieder. »Ist das wirklich wahr?« Und sie gluckste, als könnte sie es selber kaum glauben: »Ja, ja! Wir haben geheiratet.« Im Kinderwagen gluckste auch jemand und begann vergnügt zu strampeln. Janosch war aufgewacht und strahlte uns an. Anja löste sich aus meinen Armen, ich merkte plötzlich, dass ich sie fest umklammert hatte und fragte mich unwillkürlich, ob ich ihr zu nahe gekommen war. Mein Verhalten wunderte mich, noch mehr aber irritierte mich das Gefühl des Verlustes, das sich wie eine zähe, schwere Masse in mir ausbreitete, als sie auf ihre goldene Armbanduhr sah und sagte: »Jetzt muss ich mich aber wirklich sputen, er wird gleich Hunger bekommen. Wenn's um's Essen geht, versteht der Kurze keinen Spaß.« Ich hatte schon oft gehört, dass Eltern ihre Kinder »Kurze« nannten, aber noch nie von Anja. Es passte irgendwie nicht zu ihr. Wir drehten um. »Wir wohnen dahinten«, sagte sie und deutete unbestimmt über die Allee hinweg in Richtung Ostbahnhof oder Kreuzberg. »Sie haben uns eine klasse Einbauküche geschenkt, zur Entschädigung sozusagen, mit Spülmaschine, Mikrowelle, Cerankochfeld und allem drum und dran. Was sagst du dazu?«

»Eine Spülmaschine hätte ich auch gerne.«

»Ich sag dir Bescheid, wann die Einweihungsfête

steigt«, sagte sie und ging in Richtung Fußgängerampel. Hier trennten sich unsere Wege. Wir verabschiedeten uns mit einer kurzen Umarmung, ich tippte leicht gegen Janoschs Näschen. Gerade, als ich mich umdrehen wollte, fasste Anja mich noch einmal am Arm. »Hast du nochmal Besuch gehabt?«

»Nein. Zum Glück nicht.«

Anja nickte. »Weil deine Mutter jetzt da ist. Aber lass dich nicht davon täuschen. Sie wird es wieder und wieder tun. Die König kann einfach nicht anders. An deiner Stelle würde ich mir schnellstmöglich etwas anderes suchen.«

»Sagt dir der Name Wedekind vielleicht etwas?«, fragte ich.

Sie hob die Augenbrauen. »Nein. Sollte er?«

»Die haben vor mir in der Wohnung gelebt.«

Sie legte die Stirn in Falten und dachte nach. »Da war eine alte Frau. Aber an ihren Namen kann ich mich nicht erinnern. Ich glaube, sie ist gestorben.«

Ich nickte und sah ihr nach, als sie die Allee überquerte und mit dem Kinderwagen in einer Seitenstraße verschwand. Vor dem ehemaligen Kino Kosmos, das inzwischen als Diskothek genutzt wurde, waren Marktstände aufgebaut, drei oder vier mit Folien überdachte Buden, in denen vor allem Haushaltswaren, geblümte Nachthemden und Damenunterwäsche in Übergrößen verkauft wurden. In Gedanken versunken blieb ich an einem Stand stehen und betrachtete die bunten Nähgarnrollen, Sparschäler und Spülbürsten, als mein Blick auf eine Schachtel mit Stofftaschentüchern fiel. Fünf Stück für zwei Euro. Der vietnamesische Verkäufer hockte auf einem Plastikschemel und nickte mir zu. Als ich nicht reagierte, steckte er sich eine Zigarette an. Ich ging weiter und dachte an meine Großeltern. Damals hatte man sie stundenlang an der Grenze festgehalten, und als sie schließlich gemeinsam in den Bus zurückkehrten, mieden sie die Blicke der anderen. Meine Großmutter strich mir abwesend über den Kopf und sagte: »Du hast sicher Durst. Sobald wir in Erfurt sind, kaufe ich dir etwas zu trinken.«

»Wenn da jetzt noch irgendetwas geöffnet hat«, sagte die dicke Frau, die neben meinem Großvater saß, sichtlich verärgert. »Der Tag ist ja schon fast vorbei.«

Meine Mutter reiste wieder ab, ich hatte nur wenige Aufträge, und da ich glaubte, auf etwas gestoßen zu sein, stellte ich einige Nachforschungen über die Familie Wedekind an. Allerdings ohne großen Erfolg. Im Haus wollte sich niemand an sie erinnern oder über sie sprechen, selbst Herr Wiesheu nicht, mit dem ich mich sonst immer sehr gut verstanden hatte. Er riet mir, nicht in alten Wunden zu rühren, was meine Neugierde nur weiter steigerte. Im Internet fand ich einen Hans Wedekind, der in Darmstadt einen Gebrauchtwagenhandel betrieb, und bekam ihn gleich beim ersten Versuch ans Telefon. Aber er stammte nicht aus Berlin und hatte seines Wissens dort auch niemals Familie gehabt. Ich stieß schnell an meine Grenzen und war beinahe froh, als Leander einen Tag, nachdem meine Mutter abgereist war, abends vor der Tür stand. Er hatte eine Flasche Sekt für uns und Schokolade für Adrian dabei. »Keine Angst«, sagte er, »ich werde dich nicht noch einmal fragen. Aber ich habe einen neuen Job. Das wollte ich mit euch feiern. Lässt du mich rein?«

Nachdem er Adrian zu Bett gebracht hatte, erzählte ich ihm die ganze Geschichte – von der komischen Frau, den Zwischenfällen in der Wohnung, der Familie Wedekind, die hier einmal gewohnt haben sollte und meinen erfolglosen Nachforschungen über sie. Leander nippte an seinem Sektglas, zog die rechte Augenbraue hoch und sah mich ungläubig an. »Du weißt schon, dass das alles ein bisschen abgedreht klingt?«, fragte er.

»Ja. Aber meinst du, du kannst mir helfen? Du weißt besser als ich, wie man so etwas macht. Kannst du etwas über diese Wedekinds rausfinden?«

Er stellte sein Glas auf den Tisch. »Wenn du unbedingt willst. Aber ich finde das alles ganz schön …« Er stützte das Kinn in die Hand und legte die Stirn in

Falten. »Wenn du willst, dass ich mal eine Nacht bei Adrian bleibe …«

»Es ist alles in Ordnung«, sagte ich gereizt und musste mich beherrschen, keinen Streit mit ihm zu beginnen. Seit Wochen war er hier nicht mehr aufgetaucht, nun saß er mir ausgeschlafen und gutaussehend gegenüber und bot mir eine ruhige Nacht ohne Adrian an. »Deine Mutter hat dich verrückt gemacht, ja?«, fragte er. »Mit dem bösen Geist, der angeblich durch die Mauern weht. Du meine Güte, du hast doch sonst auch nicht an so etwas geglaubt. Merkst du nicht, dass sie dich einfach wieder zurückhaben will? Deine Eltern möchten dich und Adrian in ihrer Nähe haben. Deswegen erzählen sie dir diesen Quatsch.«

»Das, was ich geträumt habe, die ausgelaufene Waschmaschine, der angestellte Herd, das, was Adrian sieht – das hat nichts mit meinen Eltern zu tun. Davon haben sie bis vor wenigen Tagen noch nicht einmal etwas gewusst. Und findest du es nicht auch ein wenig sonderbar, wenn Frau König, die ja sonst alles ganz genau weiß, von diesem Marco Wedekind sagt, dass er heute vermutlich selbst Vater ist, ihre Nachbarin Urban dagegen behauptet, dass die ganze Familie tot sei?«

»Das hat sie so doch gar nicht gesagt.«

»Kannst du versuchen, etwas über sie herauszufinden, oder kannst du es nicht?«

»Ich weiß nicht«, sagte er und stand auf. »Ich denke darüber nach.«

In der Tür drehte er sich noch einmal um, nahm sein Sektglas vom Tisch und stellte es in die Spüle. Er rieb sich mit der Hand über den Hals. »Nächste Woche Montag fange ich wieder zu arbeiten an. Vielleicht machst du bis dahin mal ein paar Tage frei und ich kümmere mich um Adrian. Es wird alles wieder gut«, sagte er und tätschelte mir im Vorbeigehen die Schulter. »Entspann dich.«

Nachdem er gegangen war, stand ich auf, schloss hinter ihm ab und schob den Riegel vor. Ich war wie vor den Kopf geschlagen und kam mir wie eine Idiotin vor. Warum hatte ich ihm überhaupt davon erzählt? Ohne mich auszuziehen legte ich mich auf mein Bett und zündete mir eine Zigarette an. Der Rauch kräuselte in bläulichen Fäden zur Decke hinauf. Jetzt erst nahm ich die leise Musik wahr, die von oben herunterdrang. Entweder waren Anja und Tim noch einmal zurückgekommen, vielleicht um zu renovieren, oder aber es war schon wieder jemand Neues über mir eingezogen, ohne dass ich es bemerkt hatte. Die Dielen knarrten leise, jemand ging den Flur hinunter und kam wieder zurück, vielleicht stand er in diesem Moment direkt über mir, und wenn die Decke nachgäbe, würde er zu mir ins Bett stürzen. Ich versuchte mir vorzustellen, wie der

Mann meiner Träume aussehen würde, aber es gelang mir nicht. Ich setzte mich auf und warf meine Zigarette in den fast leeren Teebecher, der schon seit dem vorigen Abend auf dem Nachttisch stand. Sie erlosch mit einem leisen Zischen. Ich zündete mir eine neue Zigarette an und sah mein Spiegelbild in der Fensterscheibe, grau und so verschwommen vor dem Hintergrund der rauschenden Bäume, dass ich fast nicht zu erkennen war, nur die Glutspitze meiner Zigarette zeichnete sich so deutlich wie ein roter Stein auf meinem blassen Spiegelbild ab. Ich stellte mir vor, wie es wäre, wenn plötzlich ein weiteres Spiegelbild neben meinem erscheinen würde. Oder ich bemerkte, dass das, was ich für meines hielt, in Wirklichkeit das einer anderen Frau war. Eine knochige Hand könnte von außen gegen das Fenster schlagen, ein bläulicher Schimmer legte sich über die Spiegeltür von Leanders Kleiderschrank, ich stellte mir alle möglichen Gruselszenarien vor, die ich schon einmal in Filmen gesehen oder von denen ich gelesen hatte, sie machten mir weder Angst noch amüsierte ich mich bei dem Spiel. Ich glaubte nicht an Gespenster, und trotzdem hatte ich das Gefühl, dass ich nicht alleine im Zimmer war. Es fühlte sich nicht beängstigend an, nicht beklemmend, ich war vielleicht ein wenig angespannt, aber eher so, als öffnete ich eine Tür, ohne genau zu wissen, was sich dahinter befand. Aber es war die Tür im Haus eines Freundes. Ich spürte keine Gefahr. Ich musste an etwas denken, was Janina mir einmal erzählt hatte. Ihr Vater war vor zwei Jahren am Herzen operiert worden. Nachdem er von der Intensivstation wieder auf sein Zimmer verlegt worden war, ging es ihm eigentlich gut, nur seine Stimmung wechselte von einem Moment auf den anderen, einmal versank er in tiefer Melancholie, dann wieder machte er Witze über sich und andere Patienten, wirkte zuversichtlich und gut gelaunt, um plötzlich einen Wutanfall zu bekommen. Angeblich lag das an den Medikamenten, die er nehmen musste. In einer Nacht hatte der behandelnde Arzt Janina zu Hause angerufen und sie gebeten, in die Klinik zu kommen, weil ihr Vater außer sich vor Wut sei. Er habe seine Sachen gepackt und wolle abgeholt werden. Als Janina ins Krankenhaus kam, sagte man ihr, ihr Vater habe sich wieder beruhigt, sie könne nach Hause fahren. Sie wollte trotzdem nach ihm sehen. Schon vor seinem Zimmer hörte sie, dass er sich mit jemandem unterhielt. Als sie eintrat, sah sie ihn allein an dem kleinen Tisch am Fenster sitzen. »Janina«, sagte er lächelnd und deutete auf den leeren Stuhl ihm gegenüber. »Janina, schau, wer gekommen ist. Das ist Evi, meine Großmutter. Kurz vor ihrem Tod haben wir uns so furchtbar gestritten und das nie richtig geklärt, und jetzt sprechen wir über alles. Ich bin so glücklich, dass du sie auch einmal kennenlernst.«

Er sah auf. Ihre Blicke trafen sich. Und seine Augen wirkten auf sie ruhig und klar. »Du siehst sie nicht«, sagte er. »Nicht wahr? Sie hat schon gesagt, dass ich sie nur wegen der Medikamente sehen kann, die sie mir hier geben. Aber sie ist wirklich da. Sie ist immer da. Wir können sie nur nicht ständig sehen. Komm, hab keine Angst, setz dich zu uns. Kannst du wenigstens ihre Stimme hören?«

Janina hatte erzählt, dass sie zwei Stunden lang auf der Bettkante gesessen und ihrem Vater zugehört hatte, wie er sich mit seiner Großmutter unterhielt. Immer wieder hatte er sie in das Gespräch eingebunden und dabei völlig klar und ruhig auf sie gewirkt. Er sei sich vollkommen darüber bewusst gewesen, dass seine Großmutter nicht wirklich da war, und hatte es dennoch für keine bloße Halluzination gehalten. Aber was sie am meisten verwundert hatte, war, dass er sich am nächsten Tag an jede Einzelheit der Begegnung mit seiner Großmutter erinnerte, nicht aber daran, dass auch Janina da gewesen war.

Ich löschte meine Zigarette im Teebecher und sah zum Schaukelstuhl hin, der neben dem Kleiderschrank stand und in dem ich nachts immer gesessen hatte, als ich Adrian noch stillte. Ich versuchte mir vorzustellen, dass die komische Frau jetzt dort saß, ich machte sogar eine einladende Handbewegung und sagte laut: »Setzen Sie sich doch, nehmen Sie Platz und erzählen Sie mir Ihre Geschichte.«

Es hätte mich nicht gewundert, wenn der Schaukelstuhl sich bewegt hätte, wenn ich tatsächlich eine Antwort erhalten hätte, aber es passierte nichts. Seit der Nacht, in der ich von der komischen Frau geträumt hatte, war nichts mehr geschehen. Und ich fragte mich, ob es nun vorbei war, ob die liebe Seele, wie meine Mutter sich ausgedrückt hätte, nun Ruhe hatte.

6

Am nächsten Morgen regnete es in Strömen. Der dichte Pollenflug wurde für kurze Zeit unterbrochen, die weißen Klumpen schossen im Rinnstein die Straße entlang und überzogen die Gehwege mit einem rutschigen, hellen Flaum. Als ich meine Post aus dem Briefkasten nahm, legte jemand seine Hand von hinten auf meine Schulter. Es war eine Männerhand, am Mittelfinger steckte ein breiter, mit dunklen Ranken verzierter Silberring. Als ich mich umdrehte, sah ich, dass es der junge Mann mit der Tätowierung war, der vor ein paar Tagen abends bei mir geklingelt hatte. Offensichtlich war er von draußen hereingekommen, ohne dass ich es gehört hatte. Sein dunkles Haar fiel ihm in nassen Strähnen auf die Schultern herab.

»Entschuldige, ich wollte dich nicht erschrecken.« Er reichte mir die Hand. »Wir sind jetzt Nachbarn. Ronny, erinnerst du dich an mich?«

»Klar. Du wohnst in Anjas und Tims Wohnung?«

Er sagte etwas, das in meinen Ohren wie »Jepp« klang.

Ich nahm seine Hand. »Freut mich.« Ließ sie wieder los und schloss den Briefkasten ab. Ronny fuhr sich mit dem Handrücken über das stoppelige Kinn, und ich musste grinsen, als ich mich wieder bei dem Gedanken ertappte, dass er zu jung für mich sei. Er grinste zurück. »Ist noch was?«, fragte ich. Er war wirklich zu jung, höchstens zweiundzwanzig. Ich sah, dass sich die Schlangentätowierung durch den nassen Stoff seines Hemdes abzeichnete. »Soll ich dich einfach Frau Nachbarin nennen, oder hast du auch einen Namen?«, fragte er.

»Frau Nachbarin ist gut«, sagte ich und grinste wieder, als ich mich an ihm vorbeischob und die Treppe hochging. Er verschränkte die Arme auf dem Treppengeländer und sah zu mir auf. Ich blieb stehen. »Lena«, sagte ich und spürte, wie mein Herz einen Satz machte, als er es wiederholte. Auf einmal wurde mir bewusst, wie lange mich niemand mehr mit meinem Namen angesprochen hatte. Liebes und Kleines, Mama und Mutti, Janina hatte mich neulich ›meine Hübsche‹ genannt, aber Lena hatte lange niemand zu mir gesagt. Ich merkte, wie mein Grinsen milder wurde, wahrscheinlich lächelte ich jetzt. Ich hätte mein Lächeln am liebsten festgehalten, bis ich es vor einen Spiegel geschafft hätte. Darin hätte ich mich dann betrachtet, wie damals mit fünfzehn, sechzehn, wenn ich mir im Badezimmer meiner Eltern beim Rauchen zusah.

»Lena«, sagte er wieder und legte sein Gesicht auf die verschränkten Arme. »Magdalena?«

Ich lachte. »Leider ja. Woher weißt du das?«

»Du kommst aus dem Westen.«

»Sieht man mir das an?«

»Aber ja, Frau Nachbarin.«

»Und?«

»Da hat man richtige Namen.«

»Willst du mich verarschen?«

»Nicht die Spur.« Obwohl er nicht aggressiv klang, verschwand mein Lächeln sofort. Instinktiv straffte ich meine Schultern und stieg die Treppe weiter hinauf. Er kam mir nach. »Heute Abend wird die Wohnung eingeweiht. Hast du Lust zu kommen?«

Ich war vor meiner Tür angekommen und schloss sie auf. »Mach nicht zu laut«, sagte ich. »Ich hab ein kleines Kind, das muss schlafen.«

»Ich liebe Kinder«, hörte ich ihn noch sagen, bevor ich die Tür schloss. Erst als ich die Post auf den Küchentisch warf, sah ich, dass ein unfrankierter, länglicher Umschlag dazwischen lag. Ich erkannte die Schrift von Frau König und riss ihn auf. Darin lagen einige kopierte Seiten aus ihrem Hausbuch. Namen, Geburtsdaten, Berufe. Ich setzte mich an den Tisch und studierte die handgeschriebenen Zeilen. Von 1954 bis 1966 hatte eine Familie Bauer in meiner Wohnung gelebt.

Im Herbst 1966 waren Elke und Egon Wedekind, beide Lehrer, eingezogen, ein Jahr später kam ihr Sohn Hans zur Welt. 1985 war eine Eva Reimann bei den Wedekinds als Untermieterin eingetragen worden, noch im selben Jahr heiratete sie Hans und nahm seinen Nachnamen an. Im Februar 1987 war Marco Wedekind zur Welt gekommen. Damit brachen die Aufzeichnungen ab. Ich stand auf und machte mir einen Kaffee. Während ich wartete, bis er zu Ende durchgelaufen war, versuchte ich mir vorzustellen, wie die fünf hier gelebt hatten. In meinem Kopf füllte sich die Wohnung mit Leben und Stimmen. Die Küche war gerade groß genug, um zu dritt darin sitzen zu können. Ich hatte einen weiteren Tisch ins Wohnzimmer gestellt, an dem man essen konnte, wenn Besuch da war. Für mich war es schwer vorstellbar, wie vier Erwachsene und ein Baby hier gelebt hatten. Wie hatten sie die Wohnung aufgeteilt? Über mir stapfte Ronny von Zimmer zu Zimmer, es klang, als würde er rastlos auf und ab gehen, vielleicht räumte er für seine Einweihungsparty um. Ich zündete mir eine Zigarette an und stieß den Rauch durch die Nase aus. Das Telefon klingelte. Es war Leander.

»Ich weiß jetzt, wer in der Wohnung gelebt hat«, sagte er ohne jede weitere Vorrede.

»Ich auch«, antwortete ich kühl. Ich war immer noch

verärgert, dass er mich bei seinem letzten Besuch wie eine Verrückte behandelt hatte.

»Es war tatsächlich eine Familie namens Wedekind«, fuhr er fort. »Die Frau, Elke, leitete bis Ende der achtziger Jahre eine Kinderkrippe.«

Ich sah noch einmal auf die Kopien, die Frau König mir gemacht hatte. »Hier steht, dass sie Lehrerin war.«

»Von Beruf, aber sie hat nie als Lehrerin gearbeitet. Weißt du, welche Krippe sie geleitet hat?«

Ich drehte den Wasserhahn auf und löschte die Zigarette. »Nein. Aber wenn du so fragst …«

»Genau«, sagte er. »Die Krippe, in der Adrian ist. Ein komischer Zufall, oder?«

Er lachte trocken. Mir war nicht nach Lachen zumute. Mittlerweile war ich, was Zufälle anging, etwas skeptisch geworden. Ich trank einen Schluck Kaffee.

»Es war eine klasse Familie, ein 1-A-Lebenslauf. Der Sohn hat die erweiterte Oberschule besucht, genau wie seine Frau Eva, beide haben Abitur, aber nur sie ist zum Studium zugelassen worden. Ich hab mir alles notiert, wenn du willst, faxe ich es dir oder ich bringe es heute Abend vorbei.«

Ich ging nicht auf sein Angebot ein. »Sonst noch etwas?«, fragte ich.

»Ja.« Er schwieg, wahrscheinlich wartete er darauf, dass ich nachfragte. Ich wusste, er würde auch von sich aus erzählen, trank meinen Kaffee aus und stellte den Becher ins Spülbecken. Leander seufzte. »1989 hat sich die gesamte Familie über Ungarn in den Westen abgesetzt. Egon Wedekind, der Sohn Hans, dessen Frau Eva und der damals zwei Jahre alte Marco. Witzig, oder? Wo es denen doch sicher an nichts gemangelt hat in der DDR.«

»Außer vielleicht an Wohnraum«, murmelte ich.

»Wie bitte?«

»Ach nichts. Du hast nur vier Leute erwähnt. Was ist mit der Frau, mit dieser Elke gewesen?«

»Tja«, sagte er. »Das ist der eigentliche Hammer. Die haben sie hiergelassen. Und auch nach der Wende ist sie ihrer Familie nicht nachgereist. Dabei hat man sie bis dahin noch ordentlich in die Mangel genommen, verhört, sie durfte die Krippe nicht länger leiten, sie hat ziemlichen Ärger gehabt. Hilft dir das weiter?«

»Das heißt, die Familie lebt.«

»Ja, in der Nähe von Hamburg. Nutzt dir das was?«

»Ich weiß nicht. Was ist mit Elke Wedekind?«

Ich hörte Papier rascheln und Leanders schnaufenden Atem. Seine Lungen hatten sich, auch Monate nachdem er zu rauchen aufgehört hatte, noch nicht wieder vollständig erholt.

»Wurde ein Vierteljahr vor unserem Einzug tot in ihrer Wohnung aufgefunden. Kein Selbstmord, keine

Zeichen von äußerer Gewalteinwirkung, falls du auf so etwas gehofft hast. Das einzig Bemerkenswerte daran ist, dass sie erst knapp zwei Wochen nach ihrem Tod gefunden wurde. Den Nachbarn war der Gestank aufgefallen.«

»Hier ist also eine Frau verwest«, sagte ich und begann, in Gedanken zu rechnen. Wir waren im September eingezogen, sie war also im Juni gestorben. Soweit ich mich erinnern konnte, war es ein heißer Sommer gewesen. Und auch wenn die Wohnung sich wegen ihrer schattigen Lage nie richtig aufheizte, mussten die Temperaturen doch hoch genug gewesen sein, um die Verwesung schnell fortschreiten zu lassen. Ein unangenehmer Geschmack breitete sich in meinem Mund aus. Ich hörte ein leises Klackern am anderen Ende der Leitung. Leander hatte sich ein Kaugummi aus der Schachtel geklopft und begann nun, darauf herumzukauen. Ich steckte mir eine Zigarette an. »Ja, verwest«, sagte er kauend. »Erinnerst du dich an Nadja?«

»Die mit dem Strick«, sagte ich.

»Der Vormieter hatte sich in der Wohnung erhängt, da kann ich es mir noch vorstellen, dass er als Geist wiederkehrt, aber bei einem natürlichen Tod?«

»So weit ich weiß, hast du Nadja fertiggemacht, als sie dir von dem Strick erzählt hat, den sie jede Nacht am Deckenbalken über ihrem Bett gesehen hat.«

»Ich glaube eben nicht an Gespenster. Aber ich habe auch rausgefunden, dass in ihrer Wohnung wirklich etwas passiert ist. Und dafür gesorgt, dass sie vorzeitig aus dem Mietvertrag kam. Aber mit unserer Wohnung ist alles in Ordnung.«

Mir fiel auf, dass er »unsere Wohnung« gesagt hatte, aber ich korrigierte ihn nicht.

»Ich hoffe, du kannst damit etwas anfangen. Ich muss jetzt los. Wenn du willst, bringe ich dir die Sachen später vorbei.«

Ich setzte mich an den Küchentisch. Meine Hand lag noch auf dem Telefon, als es wieder klingelte.

»Hör mal«, sagte Leander. »In fast jeder Wohnung ist schon einmal jemand gestorben. Denk an unsere Hamburger Bude. Das Haus war bestimmt zweihundert Jahre alt. Da sind mehr Kinder geboren worden und Leute krepiert, als du an deinen beiden Händen abzählen kannst. Und sicher unter viel widrigeren Umständen als diese Wedekind. Trotzdem ist keiner von denen als Gespenst durch die Wohnung gegeistert.«

»Nur fürs Protokoll«, sagte ich trocken. »Ich glaube auch nicht, dass Elke Wedekind hier als Gespenst umgeht. Aber ich habe das Gefühl …« Ich brach ab. Ich konnte es nicht in Worte fassen. Etwas ballte sich zwischen diesen Mauern zusammen, etwas drang in mich ein, ich spürte eine leichte Unruhe in mir, ein kühles

Kribbeln unter der Haut, wie Luftbläschen, die sich neu bildeten und wieder zerplatzten.

»Was?«, fragte Leander.

»Nichts. Danke für die Mühe, die du dir gemacht hast.«

»Wollen wir mal wieder essen gehen? Ich habe zwei Karten fürs Theater bekommen, ich weiß nicht genau, für was, aber …«

»Ich ruf dich an«, unterbrach ich ihn und legte auf. Vor meinen Augen entstand das Bild einer Familie, und gleichzeitig spürte ich, dass ich keine Familie mehr hatte. Meine Eltern, meinen Bruder, meinen Sohn, ja, aber Leander und ich waren getrennt. Wir würden keine weiteren Kinder mehr zusammen bekommen. Unsere Familie und alle Träume und Pläne, die wir einmal gehabt hatten, hatten sich aufgelöst.

Ich sah die Wedekinds vor mir, ohne ihre Gesichter zu kennen, fünf Menschen auf wenig Raum, Essensgerüche, vielleicht hatten sie abends zusammengesessen, Karten gespielt, Bier getrunken, geraucht. In allen Zimmern war Wäsche zum Trocknen aufgehängt, vielleicht wehte hin und wieder die Flagge im Fenster, und Elke Wedekind schrubbte die Wohnung, während ihre Schwiegertochter um etwas anstand, vielleicht um Bananen oder einen Anorak für ihren Sohn. Ich sah Elke Wedekind plötzlich vor mir. Sie saß mir gegenüber am

Küchentisch, nur ein Schatten, ich wusste immer noch nicht, wie sie aussah, aber ich glaubte auf einmal, ihren Mund erkennen zu können. Einen schmallippigen, ungeschminkten Mund, der von feinen Fältchen umgeben war. Sie lächelte. Und ich sah ihre Hände. Gepflegt, aber an Arbeit gewöhnt. Ihr einziger Schmuck war ein schmaler Ehering. Vielleicht hatte sie gerade etwas gereinigt oder Gemüse geputzt, denn das Gold und ihre Fingernägel waren von einer feinen Kruste überzogen, die mich an den stärkehaltigen Saft von Kartoffeln erinnerte. Sie hatte gern hier gelebt. Sie war glücklich gewesen. Vielleicht hatte sie sogar verhindert, dass ihr Sohn mit seiner kleinen Familie auszog, vielleicht hätte sie die Möglichkeiten und Beziehungen gehabt, ihnen eine eigene Bleibe zu besorgen, aber sie hatte es nicht getan. Sie genoss es, alle um sich herum zu haben, sie konnte Stille nicht gut ertragen, sie las ihrem Enkel abends Märchen vor.

Ich begann in der Wohnung umherzuwandern. Die Wände waren nicht tapeziert gewesen, sondern gestrichen, es hatte einen messingfarbenen Kronleuchter mit trichterförmigen Glasblüten gegeben und einen Fernseher – im meinem Kopf nahm die Wohnung eine neue Gestalt an. Es hingen je zwei Paar Gardinen vor den Fenstern, eine dünne für den Tag und dicke, raue Lagen Stoff, die nachts vorgezogen wurden. Auf dem Küchenfensterbrett standen Töpfe mit Petersilie und Schnittlauch, die trotz des Schattens gut gediehen, an einigen Stellen war der Schnittlauch abgeschnitten, eine gleichmäßige, stoppelige Fläche, wenn man mit der Hand darüberfuhr. Der Saft schon eingetrocknet. Ich hörte Musik und Stimmen, das Knarren der Dielen, das Lachen des Kindes, und dann war es plötzlich still. Es war Zeit, Adrian aus der Kita abzuholen. Ich nahm meinen Schlüssel, blieb kurz vor der Wohnungstür stehen, vielleicht war sie hier gestorben. So wie ich sie im Traum gesehen hatte, wartend, spähend, allein. Bis zum Schluss hoffend, dass die, die sie zurückgelassen hatten, wiederkommen würden. Auf die Schritte im Treppenhaus horchend, auf das Zuschlagen der Haustür, das Klirren der kleinen Milchglasscheiben. Sie wusste nicht, warum sie verlassen worden war, sie ahnte, dass es einen guten Grund für so einen Schritt geben musste, dass sie etwas übersehen hatte, sie kam nicht darauf, was es war oder wollte es nicht wissen. Sie machte weiter, so gut es ging, als sei nichts geschehen. Sie konnte sich ihr Scheitern nicht eingestehen. Und jetzt trat ich über die Schwelle auf die Galerie hinaus, ging die Treppen hinunter auf die Straße, die vom Regen noch nass war, in großen Pfützen schwamm gelblich öliger Blütenstaub, im ersten Moment sah er wie eine chemische Substanz aus.

Ich ging am Friedhof und der zerbombten Kirche vorbei, deren Turm man nie wieder mit einer Spitze versehen, sondern flach abgedeckt hatte. Die grünen Hügel des Volksparks tauchten wie ein weiter Wald vor mir auf, eingefasst von den terrassenförmigen bunten Hochhäusern. Linkerhand lag der Alexanderplatz. Ein dunkles Wolkengebirge hatte sich hinter dem Fernsehturm zusammengeschoben und ließ die Silberkugel schiefergrau aussehen. Wie ein Stein, der regungslos in der Luft stand. Bei jedem Schritt war ich mir bewusst, auf Elke Wedekinds Wegen zu gehen. Sie eilte mir wie ein Schatten voraus, wurde kurzzeitig von diesem oder jenem überlagert, verschwand, um dann wieder aufzutauchen, je nachdem, wie die Sonne stand, hinter mir, vor mir, an meiner Seite, und auf einmal dachte ich, dass sie schon immer da gewesen war. Vom ersten Tag an, den wir in dieser Wohnung gelebt hatten. Sie hatte sie nie verlassen. Ich musste an etwas denken, an das Janina mich bei jedem Umzug aufs Neue erinnerte: Pass auf, wovon du in der ersten Nacht in der neuen Wohnung träumst. Es wird in Erfüllung gehen. Als könnte man wirklich Einfluss auf seine Träume nehmen. Soweit ich mich erinnern konnte, hatte ich in der ersten Nacht von nichts geträumt. Vielleicht hatte Elke Wedekind schon da an unserem Bett gestanden und uns beobachtet. Über unseren Schlaf gewacht. Über unsere Träume entschieden. War sie die komische Frau? Das Kreischen einer Straßenbahn riss mich aus meinen Gedanken, gerade noch rechtzeitig sprang ich von den Schienen auf den Gehsteig zurück. Der Fahrer zeigte mir einen Vogel, ich nickte ihm zu, obwohl die Bahn schon fast vorbei war und er mich nicht mehr sehen konnte.

Als ich mit Adrian nach Hause ging, achtete ich besonders auf die Dinge, die mir hier gefielen. Auf die strahlend hellen Fassaden, die Ruhe inmitten der Stadt, die Pollen, die im schräg einfallenden Sonnenlicht wie Schneeflocken tanzten; auf die bunten Rosen in den Vorgärten unseres Häuserblocks. Hier lebten hunderte, vielleicht tausende von Menschen, und an jeden von ihnen schien gedacht worden zu sein. Die Anlagen zwischen den Häusern wirkten, als hätte man darauf gehofft, dass die Bewohner ihre Burgen an schönen Tagen verlassen und sie gemeinsam zwischen Lavendel und Rosen verbringen würden. Obwohl ich nicht damit rechnete, dass Frau König zu Hause war, fuhr ich mit Adrian zu ihr hinauf. Als ich klingelte, öffnete sie beinahe sofort die Tür. Zuerst glaubte ich, dass wir ungelegen kämen, denn der Tisch im Wohnzimmer war gedeckt und es roch nach frisch aufgebrühtem Kaffee, aber sie sagte, dass sie uns erwartet habe.

»Warum?«, fragte ich und reichte ihr die Tulpen, die ich auf dem Rückweg für sie gekauft hatte. »Danke für die Kopien, die Sie mir gemacht haben.«

»Neugierde«, sagte sie. »Sie sind neugierig. Nichts treibt Menschen stärker an, nicht einmal die Liebe. Und durch nichts gerät man leichter in Scherereien. Nicht einmal durch die Liebe.« Sie lächelte. »Ich habe erfahren, dass sie Schriftstellerin sind?«

Ich erwiderte ihr Lächeln und war ein wenig verlegen. Wie immer, wenn man mich auf meinen Beruf ansprach. »Na ja«, sagte ich. »Ich habe vor Jahren einen kleinen Roman geschrieben, aber seitdem …«

»Schreiben Sie eine Menge oberflächlicher, manchmal zynischer kleiner Geschichten. Aber kommen Sie doch erst einmal herein. Lassen Sie uns reden. Nicht, dass Ihnen zu unserem Haus am Ende nur Schlechtes einfällt. Dann würden Sie die Tatsachen nämlich völlig verkennen und einigen Menschen großes Unrecht tun.«

»Nichts läge mir ferner«, sagte ich, plötzlich in die Defensive gedrängt. »Ich möchte niemanden mit meiner Arbeit kränken.«

»Kommen Sie rein«, wiederholte sie, trat zur Seite und warf die Tulpen auf den kleinen Beistelltisch neben der Tür. Ihre Wohnung war die spiegelverkehrte Version unserer Wohnung.

In dem kleinsten Raum, der bei uns das Kinderzimmer war, schlief sie. Daneben lag ihr Arbeitszimmer, dem gegenüber, am Ende des Flurs, war das Wohnzimmer, in das wir nun gingen. An den dunkel tapezierten Wänden hingen antike Waffen und ein Wagenrad, die dunklen Eichenholzmöbel waren alle noch relativ neu, in einem Sessel saßen Porzellanpuppen und alte Teddybären. Auf dem gedeckten Esstisch stand eine flache, große Holzschale mit bunten, glänzenden Steineiern, die sich Frau König von ihren Kindern und Enkeln aus der ganzen Welt mitbringen ließ. Wie immer, wenn ich ihre Sammlung sah, nahm ich mir vor, bei meinem nächsten Urlaub darauf zu achten, ob es dort Steineier zu kaufen gäbe. Nicht, dass ich vorgehabt hätte, Frau König eines mitzubringen, es wunderte mich nur, dass ich sie noch nie irgendwo gesehen hatte. Ich kannte Leute, die Kristalle, Edelsteine oder Muscheln sammelten, Dinge, die man an den meisten Urlaubsorten der Welt kaufen konnte, aber Steineier waren mir völlig neu. Adrian kniete vor dem Sessel mit den Puppen und den Teddybären nieder und begann, mit ihnen zu spielen, während ich mich zu Frau König an den Esstisch setzte.

»Ich bin ein wenig enttäuscht von Ihnen«, sagte sie, während sie mir Kaffee in eine grüne Porzellantasse mit Goldrand einschenkte. Sie sah mich nicht an, sondern war ganz darauf konzentriert, nichts zu verschütten. Der Porzellandeckel der Kanne klapperte leise, als sie sie wieder abstellte, ohne sich selbst auch eingeschenkt zu haben.

»Enttäuscht? Weswegen?«

Sie sah auf, lächelnd. »Aber ich war nie dafür, Gleiches mit Gleichem zu vergelten.«

»Ich weiß wirklich nicht, was Sie meinen.«

»Deswegen werde ich Ihnen jetzt etwas erzählen, dass ich unter anderen Umständen lieber für mich behalten hätte.« Ihr Ton erinnerte mich an den einer Lehrerin, die ihr Bedauern über etwas ausdrückt, womit sie ihre Schüler im nächsten Moment in Bedrängnis bringen wird. Ich konnte mir beim besten Willen nicht vorstellen, worum es ihr ging. Als hätte sie meine Gedanken gelesen, sagte sie: »Es geht um die Meineckes. Wahrscheinlich hat Anja Meinecke Ihnen von unseren – Schwierigkeiten erzählt?«

Mein Nicken war vorsichtig, kaum zu bemerken, aber sie schien es gesehen zu haben, denn sie fuhr fort: »Wir haben in diesem Haus immer aufeinander achtgegeben. Wir waren füreinander da, in guten wie in schlechten Zeiten.«

Mir fiel auf, dass sie nun schon zum zweiten Mal eine biblische beziehungsweise kirchliche Formel benutzte, und ich fragte mich unwillkürlich, ob sie wusste, dass ich einmal ein paar Semester lang Theologie studiert hatte. Adrian öffnete die Wohnzimmertür. Er hatte einen antiken Puppenwagen entdeckt und schob ihn nun vor sich her in den Flur. Ich wollte aufstehen, ihm nachgehen, aber Frau König legte mir über den Tisch hinweg eine Hand auf den Unterarm, eine Geste, die mich wie einen Stein auf meinen Stuhl zurücksinken ließ.

»Vielleicht halten Sie Anja Meinecke für eine gute Mutter. Aber das ist sie nicht. Oder würden Sie Ihren kleinen Adrian nächtelange allein in der Wohnung lassen? Könnten Sie ausgehen und sich vergnügen, während Ihr Kind verängstigt und hungrig in seinem Bettchen liegt?«

Das würde Anja nie tun, dachte ich und konnte förmlich hören, wie sie über mir auf und ab ging, Janosch tröstete und in den Schlaf sang.

»Im Grunde genommen ist es nicht Anjas Schuld«, fuhr Frau König fort. »Sie war schon als Mädchen naiv und beeinflussbar.«

Ich räusperte mich. »Was genau werfen Sie den Meineckes vor?« Meine Stimme klang unnatürlich hell und zitterig.

»Vernachlässigung. Missbrauch. Wir haben das Jugendamt eingeschaltet.« Sie sah mir fest in die Augen, ich glaubte, Mitleid darin zu erkennen und senkte den

Blick. Sie sprach weiter, und etwas in ihrer Stimme zwang mich zuzuhören, obwohl ich am liebsten aufgesprungen und weggelaufen wäre.

Anja und Tim Meinecke waren gute Eltern, davon war ich überzeugt, und dass die gesamte Hausgemeinschaft daran ihren Zweifel hatte, änderte nichts an meiner Meinung. Zwei Dinge fielen mir allerdings auf. Erstens: Wie stark Frau König den Zusammenhalt der Nachbarn betonte und die Sorge, die hier jeder für jeden trüge. Und zweitens: Ich verteidigte Anja und Tim nicht. Meine Solidarität mit ihnen zeigte sich allein dadurch, dass ich mich im stillen auf ihre Seite stellte. Wie ausführlich mein Schweigen war, merkte ich allerdings erst, als Frau König plötzlich vom Tisch aufstand und den Flur hinunterging. Ich wusste nicht, wie lange sie schon nicht mehr geredet hatte und fühlte mich wie betäubt. Ich stand langsam auf und sah Adrian in Frau Königs Arbeitszimmer auf dem Fußboden knien. Hinter ihm stand der Puppenwagen, vor ihm lag ein aufgeschlagenes Hausbuch. Frau König zog es ihm weg, schlug es zu und stellte es in das Regal zurück. Dann nahm sie ihn bei der Hand, führte ihn aus dem Zimmer und schloss die Tür. Als ich ihn auf den Arm nahm, deutete er auf die Tür, und ich fürchtete schon, er würde wieder von der komischen Frau anfangen, aber er sagte: »Mein Zimmer.«

»Mein Arbeitszimmer«, sagte Frau König und kniff ihm leicht in die Wange, bevor er den Kopf wegdrehen konnte. Ich trat einen Schritt zurück. »Aber weil du so brav gespielt und nichts kaputtgemacht hast, während die Erwachsenen sich unterhalten haben, bekommst du jetzt ein Stück Schokolade.«

»Das ist nicht nötig«, sagte ich, ich wollte Frau Königs Wohnung so schnell wie möglich verlassen, aber Adrian streckte schon die Hand aus. Sie ging ins Wohnzimmer, ich hörte sie eine Schublade aufziehen und sah die Tulpen auf dem Beistelltisch neben der Tür. Der Tisch hatte gedrechselte, schlanke Beine und eine kleine Schublade. Ich zog sie auf, und wie ich erwartet hatte, lagen darin mehrere Schlüssel. Ich griff nach dem, von dem ich annahm, dass es der Ersatzschlüssel für Frau Königs Wohnung war, steckte ihn ein und schloss die Schublade wieder. Frau König kam mit einer Tafel Schokolade zurück, öffnete sie, brach eine Rippe mit drei Stücken ab, gab Adrian eines, steckte sich das zweite in den Mund und hielt mir das dritte an die Lippen. Sie öffneten sich, ohne dass ich es wollte. Das Schokoladenstück wurde auf meine Zunge gelegt und schmolz klebrig gegen meinen Gaumen, als ich die Treppen zu meiner Wohnung hinunterstieg.

An der Tür klebte ein Zettel von Ronny: Liebe Lena-Magdalena, komm doch nachher auf ein Bier rauf, da freu ich mich drauf!

Ich musste lächeln, faltete den Zettel sorgfältig zusammen und steckte ihn in meine Tasche. Meine Finger streiften Frau Königs Schlüssel. Vielleicht wäre das der Zeitpunkt gewesen, unsere Sachen zu packen und auszuziehen. Aber ich tat es nicht. Es war, als hätte jemand einen Schalter in meinem Kopf umgelegt, der bewirkte, dass ich nicht sehen wollte, was offensichtlich war. Ich konnte nicht glauben, was nicht sein durfte. Letztendlich war an dieser Unfähigkeit auch mein Theologiestudium gescheitert. Im letzten Moment setzte meine Vorstellungskraft einfach aus, und ich kehrte in einen Alltag zurück, den es so längst nicht mehr gab.

Ich schaltete das Küchenradio ein, Deutschlandfunk. Während meiner Schwangerschaft hatten Leander und ich Witze darüber gemacht, dass unserem Kind bei seiner Geburt die Stimmen der Radiosprecher vertrauter sein würden als unsere eigenen. Vielleicht hatten wir schon damals aufgehört, miteinander zu reden. Mit einem Blick auf Adrian dachte ich, dass ich, sobald er genug verstand, das Radio nicht mehr einfach laufen lassen könnte. Bis jetzt griff er nur einzelne Wörter auf, die er kannte: Berlin, einige Ortsnamen, die regelmäßig während der Verkehrsmeldungen gebracht wurden und den Namen des amerikanischen Präsidenten. »Obama!«, wiederholte Adrian dann vergnügt. Was es bedeutete, wenn Zehntausende um ihre Arbeitsplätze bangten, was Flutkatastrophen, Flüchtlinge, Opfer, Selbstmordanschläge und Tote waren, wusste er noch nicht. Gerade liefen die Kulturnachrichten, die körperlose Stimme des Sprechers war mir so vertraut wie die eines alten Freundes, und einen Augenblick lang war ich versucht, Leander anzurufen. Nur um seine Stimme zu hören. Als die Musik einer kongolesischen Band angekündigt wurde, deren Mitglieder alle querschnittsgelähmt waren und auf der Straße lebten, wachte ich wie aus einer Trance auf und schaltete das Radio aus. Mein Blick glitt über Adrian hinweg. Der Pollenflug war in diesem Frühjahr wirklich eine Plage. Eine weiße Schicht bedeckte die Möbel wie dicker Staub, faustgroße Bausche wehten über den Boden und setzten sich in meinem Bettzeug fest. Was immer man anhob und anfasste, staubte, als wäre es seit Jahren nicht mehr berührt worden. Nachdem ich Adrian zu Bett gebracht hatte, begann ich den Pollenstaub abzuwischen, zupfte ihn von Möbeln und Pflanzen ab, schüttelte das Bettzeug aus und wischte wieder. Es war sinnlos, aber es beruhigte mich. In der Wohnung über mir wurde gefeiert, Musik lief, die Bässe klopften gegen die Decke, in den Heizungsrohren kollerte es, es klingelte, der Türsummer ging, dann polterten weitere Gäste an meinem Schlafzimmer vorbei durchs Treppenhaus. Es wunderte mich, dass niemand im Haus die Polizei rief. Ich faltete Ronnys Zettel auseinander, fuhr mit den Fingern über die Buchstaben, die sich tief ins Papier gedrückt hatten, betrachtete die kleinen, ordentlichen Druckbuchstaben. Es sah aus, als hätte er sich Mühe gegeben, besonders leserlich und schön zu schreiben. Ich musste wieder lächeln. Es war schon nach elf, als ich beschloss, doch auf ein Bier hinaufzugehen. Ich schlich in Adrians Zimmer, er schlief tief und fest. Ich schaltete das Babyphone an und steckte den Empfänger am Bund meiner Jeans fest. Als ich die Wohnungstür öffnete, stieß ich fast mit ihr zusammen. Seit der Wohnungsbesichtigung hatte ich sie nicht mehr gesehen, dennoch erkannte ich sie sofort. Es war die Alte mit der roten Mappe. Das eisgraue Haar umrahmte ihr hageres Gesicht wie ein Helm, ihre blauen Augen funkelten zornig, ihre schmalen Lippen waren fest zusammengepresst. Automatisch zeigte ich nach oben. »Da spielt die Musik – wenn Sie sich beschweren wollen.« Die Alte starrte mich an und machte keine Anstalten, zur Seite zu treten. In diesem Moment kam ein Pulk neuer Gäste die Treppe herauf. Und ich nutzte die Gelegenheit, mich an der Alten vorbeizudrängen und ihnen nach oben zu folgen. Es kam mir vor, als würden die Treppen nicht aufwärts, sondern nach unten führen, ich gewann an Fahrt, ich lief einen Abhang hinunter, fast hätte ich die Arme ausgebreitet und laut geschrien, ich fühlte mich so frei und unbeschwert, wie wenn man an einem heißen Tag endlich den See oder das Meer erreicht und ins Wasser springt. Ronnys Wohnungstür stand offen, bevor ich eintrat, sah ich noch einmal kurz über das Geländer der Galerie nach unten. Die Alte war verschwunden.

Gegen ein Uhr morgens spürte ich, wie der Empfänger des Babyphones an meiner Hüfte vibrierte. Als ich ihn gegen das Ohr hielt, konnte ich Adrian weinen hören. Ohne mich zu verabschieden, lief ich, leicht benommen vom Alkohol, hinunter, aber als ich in die Wohnung kam, war es schon wieder still. Ich stand über Adrians Bettchen gebeugt und betrachtete meinen Sohn. Über mir knarrte und polterte es, nur die Musik war leiser gedreht worden, nachdem die Polizei doch noch vorbeigekommen war. Ronny hatte die Dielen in allen Zimmern freigelegt, aber nicht abgeschliffen. »Passt auf, wenn ihr barfuß seid«, hatte er gesagt. »Nicht, dass sich einer einen Splitter in den Fuß zieht.« Viele seiner Gäste waren barfuß gewesen. Seine Wohnung hatte er mit den alten Möbeln seiner Großeltern eingerichtet, mit orangefarbenen Sesseln, Resopaltischen, einer dunklen Schrankwand, in der seine Platten und eine ansehnliche Sammlung von Wasserpfeifen standen. 1989 war er erst zwei Jahre alt gewesen, aber in dem brandenburgischen Ort, aus dem er stammte, sagte er, habe es nie eine Wende gegeben. Wenn du mal eine Zeitreise machen willst, nehm ich dich dahin mit. Wir hatten uns fürs nächste Wochenende verabredet.

Adrian regte sich im Schlaf, drehte den Kopf zur Seite und seufzte behaglich, und erst in diesem Moment fiel mir auf, was mich sofort hätte stutzig machen müssen. Die Decke war um ihn herum ordentlich festgesteckt, so wie meine Mutter es machte, wenn sie ihn zu Bett brachte. Der mit Sternen und Monden bedruckte Stoff war glattgestrichen, der grüne Stofffrosch lag in seinem Arm und sein Haar war gekämmt und zur Seite gescheitelt worden. Langsam richtete ich mich auf und sah mich im Zimmer um. Die Wirkung des Alkohols schien von einem Moment auf den anderen verflogen zu sein, ich war hellwach und klar und konnte zugleich nicht glauben, was ich gerade gesehen hatte. Ich spürte den Schlüssel in meiner Tasche, lief ohne zu zögern in den sechsten Stock hinauf und klingelte bei Frau König. Als sie auch beim dritten Mal nicht aufmachte, steckte ich den Schlüssel ins Schloss. Er passte. Die Tür öffnete sich. In der Wohnung war es dunkel, und es roch, als wäre hier seit Wochen nicht mehr richtig gelüftet worden. Etwas kitzelte mich an den Füßen, berührte meine Wange, ich musste niesen, es klang wie eine Explosion. Ich presste mir die Hand vor den Mund und lauschte. Nichts rührte sich. Die Tür zu Frau Königs Schlafzimmer stand offen, ich spähte hinein. Das Bett war ordentlich gemacht. Sie schien nicht zu Hause zu sein. Ich ging in ihr Arbeitszimmer und knipste die kleine Lampe auf ihrem Schreibtisch an. Jetzt sah ich, dass der Boden wie mit Schnee bedeckt war, die Pollen schwebten in fetten Flocken durchs Zimmer und lagen in einer dicken Schicht auf den Hausbüchern. Ich versuchte mich zu erinnern, welches von ihnen Adrian in der Hand gehabt und wohin Frau König es zurückgestellt hatte. Wahllos nahm ich eines aus dem Bord über dem Schreibtisch heraus, blätterte es durch, griff nach dem nächsten, in dem die Jahreszeiten in der Löwestraße festgehalten waren, die Temperaturen, Fotos von der blühenden japanischen Kirsche, Fotos von Schnee und Eis, Sonnenaufgängen und Rosenbeeten. Erst beim vierten Buch wurde ich fündig. Mein Zimmer, hatte Adrian gesagt. Und jetzt sah ich sein Zimmer. Mein Schlafzimmer. Die Wäsche, die ich zum Trocknen über die Heizung gelegt hatte. Die Bilderrahmen auf meinen Fensterbänken. Die Bücherregale, mein Sessel, mein Bett, meine Küchenschränke. Adrian und ich im Park hinter dem

Haus, von meinem Schlafzimmerfenster aus fotografiert. Meine Hände begannen zu zittern, ich hatte das Gefühl, minutenlang die Luft angehalten zu haben, und als ich sie nun in einem Stoß ausstieß, schoss mir Magensäure scharf in den Hals. Ich schlug das Buch zu und verließ das Zimmer, ohne das Licht wieder auszuschalten. Im schwachen Schein der Lampe stoben die Pollen durch die Luft, die ich mit jedem Schritt aufwirbelte. Auf dem Beistelltisch neben der Wohnungstür lag immer noch der Strauß Tulpen, den ich Frau König am Nachmittag mitgebracht hatte. Mit einer Hand fegte ich ihn vom Tisch und nahm im selben Moment eine Bewegung wahr. Im Wohnzimmer ging das Licht an, und ich sah Frau König. Sie schien am Esstisch eingeschlafen zu sein, ihr Kopf war immer noch in den angewinkelten Arm gebettet, den anderen hatte sie über den Tisch hinweg ausgestreckt. Ihre Finger lagen auf dem Schalter der Lampe. Langsam richtete sie sich auf und sah mich an. Ihr Haar war zerzaust, ihre Augen blutunterlaufen, die Farbe ihres Bademantels ließ sie blass aussehen. Es war der gleiche Mantel, den auch Frau Korzinka und Frau Urban trugen.

»Wie viel Uhr ist es?«, fragte sie ruhig, als wäre meine Anwesenheit keine Überraschung für sie.

Ich hielt das Buch hoch. »Das hier habe ich gerade gefunden.«

Sie nickte. »Kommen Sie rein. Ich werde Ihnen alles erklären.«

»Ich glaube nicht, dass sie das noch erklären können«, erwiderte ich und hörte das leichte Zittern in meiner Stimme. »Hier haben Sie Ihren Schlüssel wieder.« Ich warf ihn ihr zu. Sie machte keine Anstalten, ihn zu fangen. Er schlitterte über den Tisch und fiel auf den Boden hinunter. »Aber das Buch hier nehme ich mit.«

»Kommen Sie rein«, wiederholte sie und stand auf. Unwillkürlich machte ich einen Schritt zurück, aber sie wandte mir den Rücken zu und holte etwas aus der Vitrine. Ich hörte Glas klirren, und als sie sich an den Tisch zurücksetzte, sah ich, dass sie eine Kristallkaraffe und zwei Gläser herausgeholt hatte. »Kommen Sie.«

Ich war so wütend, dass es mir beinahe die Sprache verschlug. »Ich zeige Sie an«, war das einzige, was mir über die Lippen kam, als ich nach der Türklinke griff. Sie schlug mit der flachen Hand auf den Tisch. »Ich versuche nur, Sie und Ihren Sohn zu beschützen«, schrie sie. Ich zuckte zusammen. Meine Hand verharrte auf der Klinke. »Zu schützen? Indem Sie in meine Wohnung einbrechen? In meinem Leben herumschnüffeln? Sich an meinem Sohn vergreifen?«

Sie wandte sich mir ruckartig zu, die Stuhlbeine quietschten über den Boden. »An Ihrem Sohn? Ich würde Adrian nie etwas tun!«

»Sie sind heute Nacht bei ihm gewesen!«

»Nein!«

»Dann war es irgendjemand anderes aus diesem verrückten Haus!«

»Wir sind nicht verrückt. Gut, ich war da. Ich habe nach Ihrem Kleinen gesehen. Aber nur, weil Sie oben bei dem jungen Mann waren.« Ihre Stimme entspannte sich wieder. Sie sprach mit einem Mal so leise, dass ich unwillkürlich einen Schritt auf sie zutrat, um sie besser verstehen zu können. »Das haben wir früher immer gemacht. Manche mussten zur Nachtschicht, andere wollten einfach mal wieder ausgehen oder Freunde besuchen. Dann hat einer von uns nach den Kindern gesehen oder sie auf den Topf gesetzt, wenn es Zeit dafür war. Das ist es ja, was ich Ihnen die ganze Zeit zu erklären versuche. Wir sorgen hier füreinander, wir passen aufeinander auf.«

»Soweit ich weiß, lag Ihre Nachbarin Elke Wedekind zwei Wochen lang tot in ihrer Wohnung, bis sie jemand gefunden hat. Und das auch nicht, weil sie jemand vermisst hat, sondern weil Ihnen der Gestank aufgefallen ist. Wahrscheinlich haben Sie die arme Frau erst fertiggemacht und dann ignoriert, nachdem ihre Familie in den Westen gegangen ist. So etwas passte einfach nicht in Ihr anständiges Haus, mit so jemandem wollten Sie nichts mehr zu tun haben.«

Frau König schüttelte langsam den Kopf. »Sie wissen also davon. Und jetzt halten Sie uns alle für Ungeheuer. Sie haben ja keine Ahnung, wie diese Frau war. Sie hat ihre Familie tyrannisiert. Sie wollte alles besitzen und jeden beherrschen, kein Wunder, dass die nach drüben sind. Aber Sie haben natürlich Recht. Die Flucht war für uns ein Problem. Auf einmal wollten alle nach drüben, vor allem die, denen es hier eigentlich gutging. Wir haben Elke nicht mehr beachtet. So, wie sie uns nicht mehr beachtet hat. Das war nicht richtig. Ihr Tod war für uns alle ein schwerer Schlag. Besonders für mich. Wir haben sie für etwas büßen lassen, woran sie, bei all ihren Fehlern, wirklich keine Schuld trug: Für das Ende der DDR. Sie lachen, aber es kam uns wie das Ende unseres Lebens vor. Das Ende von allem, woran wir gearbeitet und geglaubt haben. Ich bin eine alte Frau. Ich kann nicht noch einmal von vorne anfangen. Und selbst wenn ich es könnte, wollte ich es nicht. Aber was mich wirklich erschüttert, ist, dass wir sie so gehasst haben. Dass wir sie in einem Maße verantwortlich gemacht haben, das einfach unmenschlich war. Ich bin immer stolz darauf gewesen, dass ich ein Leben lang für andere Menschen Sorge getragen habe. Auch nach der Wende. Ich habe mich weiter um alles gekümmert und aufgepasst. Ich hätte ihr Fehlen bemerken müssen. Aber das habe ich nicht.«

»Ich glaube Ihnen kein Wort«, sagte ich und öffnete die Tür. Frau König sprang vom Tisch auf. Ich trat auf die Galerie und schaltete das Licht ein, sie folgte mir. »Warten Sie, warten Sie doch.« Sie griff nach meinem Arm. Ich riss mich los. Das Buch fiel zu Boden. Frau Urban steckte den Kopf zur Tür heraus, schloss sie aber sofort wieder, als Frau König ihr einen wütenden Wink gab. Sie hielt mir ein Foto hin. »Haben Sie diese Frau schon einmal gesehen?« Ich nahm es ihr aus der Hand. Es war die Alte mit der roten Mappe. Ich nickte.

»Sehen Sie, ich begegne ihr auch noch manchmal«, sagte Frau König. »Sie scheint immer noch voller Hass zu sein. Vielleicht ist das aber auch ihre Art, Trauer zu zeigen. Ich weiß es nicht. Sie redet ja nicht mit mir.«

»Von wem sprechen Sie? Wer ist das?«

»Das ist Elke Wedekind.«

In diesem Moment konnte ich sie förmlich sehen. Wie sie auf der Bank im Park saß und Leander und mir entgegenschaute; sich über das Treppengeländer beugte und die Hand an die Lippen legte, als wollte sie uns etwas zuflüstern. Und heute Abend – vor meiner Wohnungstür. »Ist sie nicht tot?«, fragte ich und wunderte mich, dass meine Stimme nicht mehr zitterte. Im Gegenteil. Sie klang fest und hallte in dem riesigen Treppenhaus wider.

»Oh, doch. Ich war sogar dabei, als man ihre Leiche

entdeckt hat. Ich habe sie mit eigenen Augen gesehen. Und trotzdem. Ich glaube, sie versteht nicht, was Adrian und Sie in ihrer Wohnung machen. Vielleicht wäre es besser, Sie würden ausziehen. Ich könnte sicher etwas anderes für Sie finden. Ich habe Kontakte.« Sie lächelte mich an. »Vielleicht ist die Wohnung ja doch nicht – optimal für Ihre Bedürfnisse«, sagte sie, und ich erinnerte mich, dass Leander genau das bei unserer ersten Begegnung mit ihr gesagt hatte. Mir fiel nichts ein, was ich darauf hätte erwidern können, aber ich hielt ihrem Blick stand. Frau Königs Lächeln verschwand. Als ich ihr das Bild wiedergeben wollte, winkte sie ab. »Behalten Sie es.« Sie schlurfte in ihre Wohnung zurück und schloss die Tür. Ich hörte, wie sie den Riegel von innen vorschob.

Über mir knackt der Dielenboden, Leute gehen durchs Treppenhaus. Die Party scheint zu Ende zu sein, und durch den Spalt zwischen Rollo und Fensterbank fließt rötliches Licht in Adrians Zimmer. Die Sonne geht auf, und ich höre Wasserrauschen aus der Wohnung der Kaltentals. In diesem Haus ist man ständig von den Geräuschen seiner Nachbarn umgeben. Man ist nie allein, man hört immer auf sie, und irgendwann hat man sich so an ihre Schritte, das Murmeln ihrer Stimmen, ihr Radio und ihren Fernseher gewöhnt, dass man glaubt, die Geräusche gehörten zur Stille dazu. So wie man sich nach einiger Zeit daran gewöhnt hat, dass der Himmel über Berlin sternenlos ist und der Mond von der silbernen Kugel des Fernsehturms ersetzt wird. An warmen Tagen scheinen die Häuser hier in der Straße selbst Sonne zu sein. Sie strahlen Wärme und Licht aus, während der Himmel aschgrau und weit ist. Es ist Sonntag, der zehnte Mai. Bald werden in der Ferne die ersten Kirchenglocken läuten. Ich sitze auf der Matratze neben Adrians Bett, das samtene Büchlein auf den Knien und schreibe.

Ricarda Junge

Kein fremdes Land

Roman

Band 16291

Was braucht man zum Leben? Einen Job, eine Liebe – und eine Heimat.

Tom ist in Deutschland aufgewachsen und lebt seit einigen Jahren in den USA. Er arbeitet für die Philadelphia Daily News und muss über eine Reihe unerklärlicher Selbstmorde schreiben. Seine Freundin Teresa ist Lehrerin an einer Highschool und kämpft mit den Folgen eines Attentats. Der Umzug in einen beschaulichen Vorort Philadelphias soll für beide ein Neuanfang sein. Aber die Idylle trügt – was anfangs nur ein Gefühl der Unsicherheit ist, wird bald zu einer realen Bedrohung.

In ihrem Debütroman erzählt Ricarda Junge die Geschichte einer Suche, die so typisch wie untypisch, so altbekannt wie modern ist – das Leben ist ein Spiel aus Nähe und Kälte, Sehnsucht und Angst.

»›Kein fremdes Land‹ ist ein Roman,
der auf wohltuende Weise verstört.«
Rainer Moritz, Neue Zürcher Zeitung

Fischer Taschenbuch Verlag

fi 16291 / 1

Ricarda Junge
Eine schöne Geschichte
Roman
256 Seiten. Gebunden

In Maries Leben ist plötzlich nichts mehr am rechten Platz. Die Stadt verschiebt sich, Cafés verschwinden, Straßen gibt es nicht mehr. Man findet nur, was man nicht sucht. Aber kann man leben, ohne nach etwas auf der Suche zu sein? Ricarda Junges neuer Roman ist die Geschichte einer Verunsicherung: »Ist es wichtig?« ist ein traumgleiches Labyrinth, in dem Verwandlung die einzige Hoffnung ist.

»Ricarda Junge erschafft hier mit einer bis zur Sprödigkeit schnörkellosen Sprache ein unbehagliches hermetisches Universum, das sich jeder psychoanalytischen Lesart widersetzt.«
Ariane Breyer, Frankfurter Allgemeine Zeitung

S. Fischer

fi 1-039328 / 1